Siège social : 102 avenue des Champs Élysées 75008 Paris
Bureaux : 27 cours d'Estienne d'Orves 13001 Marseille
www.polar.jigal.com

Photo couverture : © JG
Création graphique : Isabelle Cochereau
Directeur de collection : Jimmy Gallier

ISBN 978-2-914704-69-4

ZOLMA

ADIOS VIRACOCHA

ÉDITIONS JIGAL

DU MÊME AUTEUR

Croisière jaune
Mistral cinglant

Éditions Jigal

Mort en sauce

Éditions Krakoen

À tous ceux qui, quelle que soit leur contribution,
entretiennent la flamme.

«La vérité est pareille à l'eau qui prend la forme du vase.»
Ibn Khaldoun

Avertissement

Ce roman est une fiction. Toute ressemblance avec des personnages existants ou ayant existé, serait donc purement fortuite.

Chapitre I

Le rade de Philippe était situé au cœur de Montrouge, à quelques encablures de la porte d'Orléans. C'est souvent dans ce bar que je traitais mes affaires. J'y donnais rencard aux clients et on palabrait sous la mélopée assidue des éruptions de la machine à café. Un vieux percolateur qui parodiait l'Etna trois cents fois par jour. Sans doute à cause de ses origines italiennes.

Ce matin, je m'y rendais pleine d'allégresse afin d'y conclure un nouveau marché. A priori, une affaire classique. J'ai cheminé de la sortie du métro jusqu'au bistrot, un petit effort nécessaire au maintien du galbe de mes mollets et j'ai poussé la porte du troquet, quinze minutes avant l'heure de l'entrevue. Phil, le patron, mon pote anar, se tenait au-delà du comptoir, désœuvré: l'établissement était vide comme un œuf gobé. L'aubergiste nettoyait machinalement les tuyauteries à bibine qui d'ordinaire abreuvaient les prolétaires locaux. Le temps d'un petit noir et de deux ou trois considérations sur la rotation de la planète et je serais prête à discutailler avec le chaland.

Le chaland en question m'avait sollicitée deux jours plus tôt. Pour une affaire un peu bizarre et légèrement opaque dont il refusait d'évoquer les détails au téléphone. Comme si, vu son rang, tous les barbouzes de la planète l'avaient mis sur écoute. Tu parles ! À coup sûr un simple bourge plein aux as, aux prises avec un problème de fesse. Un bon point pour mes finances. Encore que ce genre de sbire soit rompu aux négociations.

Pour ce premier entretien, je m'étais sapée hétéroclite : sport et un tantinet aguicheuse. Jupe droite au-dessus du genou et bottes montantes au rez-de-chaussée, cuir noir presque canaille à l'étage supérieur. Le bas pour attirer l'œil mâle et le haut pour l'assurer de ma capacité à affronter des hasards fâcheux.

Phil a cessé de lustrer le robinet à pression et m'a saluée :

— Salut, poupée, il a fait. Resplendissante, ce matin. Tu rajeunis. Tu contribues à l'éveil de mes sens.

— Salut, macho. Encore une réflexion comme ça et je hèle Solange.

Solange, c'était sa légitime. Habituellement, elle partageait le boulot au bar, mais étant donné l'absence totale de clientèle, elle s'était éclipsée.

J'ai continué :

— Évidemment, vu l'affluence, je comprends que tes sens soient assoupis. Les consommateurs fuiraient-ils vers des lieux plus accueillants ?

— C'est assez calme, en ce moment, c'est vrai. Mais remarque, à cette heure, en général, je n'ai guère plus de deux ou trois pochetrons. Le genre de citoyens qui contribuent charitablement à la santé financière de mon petit commerce. Malheureusement, dès qu'ils s'absentent quarante-huit heures, j'ai la trouille que la cirrhose n'ait parachevé son œuvre. Et comme il y a une semaine qu'ils n'ont pas posé un pied ici, Borniol les a sans doute alpagués. Un sacré concurrent, celui-là. Et pas fair-play. Ses recrues, il me les renvoie pas. Aucune reconnaissance. Quand on compte les régiments que je lui ai refilés !

— Faut dire que si tu leur servais autre chose que du calva, à tes gonzes, tu les garderais plus longtemps…

— Ça, ma petite, c'est un calcul économique. La clientèle à

orangeade est plus stable mais rapporte moins. Je suis à la recherche du juste équilibre. Quoi qu'il en soit, malgré le turnover important de mes soiffards, l'âpreté des rapports sociaux m'assure un renouvellement correct. La population alcoolique repousse à la vitesse des tronches de l'hydre de Lerne. Et rien n'indique que ça va changer.

— T'as raison, Léon. L'exploitation du prolétaire est toujours d'actualité. Et pour le Grand Soir, faudra repasser plus tard. Dans une paire de réincarnations.

Phil a hoché la tête puis a avoué :

— Y a des jours où j'ai envie de reprendre du service.

Il avait violemment milité dans sa jeunesse. Et un peu troublé l'Ordre Public. Assez pour moisir presque deux lustres en taule. Depuis sa sortie, il avait racheté ce troquet à l'aide de fric à la provenance douteuse et il se cantonnait à la réflexion. Juste de petits coups de main logistiques à des militants en fuite, de temps en temps. Le plus souvent des activistes du Tiers-Monde, en situation irrégulière en Europe et en danger de mort chez eux. De toute façon, ici, l'époque ne se prêtait plus à l'action. Le peuple s'endormait en matant des paillettes à la télé et les intellos meneurs avaient, pour la plupart, remplacé le béret du Che par le melon de la City.

Philippe a préféré changer de sujet. Ça lui bouffait le moral de constater l'apathie de ses concitoyens. Il m'a demandé :

— C'est quoi, ton client ?

— Pour l'instant, je sais pas. Sans doute un adultère typique.

Il a souri et a observé :

— Chaque fois que tu me dis ça, tu manques de finir plombée… Fais gaffe, surtout que, si j'ai bien compris, depuis ton petit voyage au Pérou, ton envie de t'attarder chez les mortels a été décuplée.

Mon voyage au Pérou… Effectivement, depuis cette excursion, j'avais des raisons supplémentaires de continuer la route.

Chapitre II

Le client est arrivé. Conforme à mes prévisions : loden vert sur gilet de tergal gris, pompes en cuir beige foncé bien cirées, mallette de marque. L'uniforme de l'affairiste moderne. Bedonnant, le double menton opprimé par l'ensemble col de chemise – cravate, la chevelure grisonnante assez dispersée. La tronche du cocu potentiel. Bobonne commence à s'ennuyer de ses absences qui ne sont plus palliées par sa séduction naturelle. Elle a trouvé une compensation. Un montant compensatoire, si je puis dire. Sans scrupule, parce que son mari, de son côté, on ne sait pas trop comment il meuble ses soirées de commercial international.

Le type a pris moins de dix secondes pour se rendre au bar et pour se rencarder auprès de Phil : la seule cliente attablée, mézigue en l'occurrence, était la personne qu'il voulait rencontrer. Moi, pendant ce temps, j'avais bâti le roman de sa vie. Ça s'appelle l'expérience.

— Mademoiselle Verdine ?

— Elle-même. Monsieur ?

— Ah oui, c'est vrai ! Vous ignorez mon identité. Je ne

m'étais pas présenté au téléphone. Monsieur Renault. Comme les automobiles. Hubert Renault.

Le type paraissait assez nerveux à l'idée de confesser sa situation de mari trompé à une femme. L'orgueil des mâles : sans doute, suite à ses aveux, oserais-je élucubrer qu'il n'avait plus les compétences indispensables au maintien de son épouse au foyer. De quoi détruire une réputation. Je l'ai laissé s'engluer dans des propos introductifs. Trois minutes de banalités sur la difficulté de s'adresser à un détective pour une affaire aussi délicate qui nécessitera compétence et discrétion. J'ai ponctué son discours de « bien entendu », « c'est mon travail », « j'ai l'habitude », histoire de l'apaiser un peu. J'ignorais toujours pourquoi nous devisions lorsqu'il a conclu son préambule interminable d'une question éminemment stupide :

— Je suppose que vous souhaiteriez connaître le détail du pourquoi de ma requête ?

Certes. Sinon, on ne va pas trop avancer. Encore que s'il est prêt à me payer pour buller, je parviendrai à me raisonner. Je n'ai rien dit, mais mon regard lui a signalé une forme d'impatience. Hubert Renault a tourné la tête vers Phil qui peaufinait le dépoussiérage de ses alcooducs. J'ai saisi le message et j'ai assuré :

— Aucun souci. Parlez sans crainte, c'est un ami qui devient sourd à la demande. Par conséquent, muet.

Pour lui prouver mes affirmations, j'ai enregistré sa commande et je l'ai déposée au bar, directement dans l'oreille du malentendant. Je suis revenue m'asseoir face à mon client qui a commencé la livraison :

— De toute façon… Bien, pour tout vous dire, c'est un problème familial qui me préoccupe, a-t-il susurré comme à regrets.

Nous y voilà. Allez, aboule le portrait de ta moitié, son adresse, dans quinze jours je t'échange un petit paquet de monnaie contre des photos compromettantes. Ça s'appelle encore l'expérience.

Monsieur Renault s'était tu un instant, le temps de me laisser m'appesantir sur mon nombril. Il a repris :

— Vous connaissez Run, le dessinateur ?

J'allais répondre lorsque « Phil la tombe » nous a déposé nos breuvages. Un thé au jasmin pour monsieur, de Passy, et un second petit noir pour moi, de Gentilly. Le schisme social s'introduit jusque dans la boisson. Hubert a tenté de sortir son blé. Je l'ai arrêté :

— C'est pour moi.

Phil a esquissé une grimace. C'était surtout pour lui, vu que je n'avais jamais payé une consommation dans son rade.

— Pour vous répondre, dis-je en touillant mon café sans sucre, oui, je connais Run. Comme tout le monde. Enfin, je connaissais.

Mon client me regardait tourner la cuillère avec un certain étonnement. Je l'ai éclairé :

— Dix ans que je ne mets plus de sucre dans mon café, mais je continue à mélanger. Bien, si on allait au but, maintenant ?

Hubert Renault a abordé l'objectif de sa visite. Et là, j'ai compris une nouvelle fois que l'expérience était une amie dévouée, mais un peu traître. Qui copine invariablement avec la vanité. Je n'avais rien compris au film.

Run était un auteur de bande dessinée qui avait connu un immense succès. Il avait créé un personnage, Pierron, un soldat de Napoléon. D'album en album, le public avait suivi ce simple troufion. D'Arcole à Eylau en passant par la retraite de Russie. Pierron, un petit gars du peuple, franchouillard, lâche et paresseux mais qui se révélait cordial et sympathique. Il se sortait de toutes les situations par des moyens parfois douteux mais toujours hilarants. Au fil des pages, son créateur régalait le lecteur d'anachronismes, de clichés sur les populations croisées et de considérations parfois insolentes sur la vie militaire. On comparait la notoriété de Pierron à celle des plus grands héros du genre, Astérix, Tintin ou Lucky Luke. Run, prononcé à l'anglaise, était le diminutif de Renault. Yves Renault, le frère d'Hubert. Au passé… Il venait de ravaler ses fafiots dix jours plus tôt. Contraint et forcé : lâchement assassiné dans une bastide des Corbières, alors qu'il œuvrait au dernier tome des aventures de Pierron.

Hubert m'a résumé cette histoire puis m'a questionnée :

— Vous lisez les journaux ?

— Oui.

Certes, mais on ne lisait pas les mêmes.

— Vous savez donc qu'il a été assassiné par l'ouvrier qui entretenait sa propriété au sud de Carcassonne.

— Oui. Mon information s'arrête là. D'autant que les actualités ont rapidement tourné casaque à cause des pluies diluviennes qui ont sévi dans cette région.

La mort de Run aurait dû rester à la une. Un fait divers sanglant, impliquant une célébrité, une vraie bénédiction pour les échotiers. Malheureusement, dans le secteur du crime et en simultané, dame Nature avait montré les crocs. À quelques kilomètres de là, des crues centennales avaient dévasté la basse vallée de l'Aude : arbres arrachés, câbles sectionnés, routes coupées, vignobles traînés sur des kilomètres, automobilistes noyés ou disparus, villes et villages dans la flotte jusqu'au premier étage des baraques. Les Corbières, montagnes environnantes, avaient également subi les orages. Le relief avait sauvé la plupart des habitations de la noyade, mais une dizaine de jours après la catastrophe, nombre de patelins s'y éclairaient encore à la bougie.

— C'est exact. Sans ce cataclysme, la mort de mon frère aurait été plus médiatisée. Tant mieux pour la tranquillité de notre famille. Bien, maintenant, voici les dernières informations que m'a fournies le juge d'instruction. L'assassin, on a évacué « présumé » tellement les preuves s'accumulent, s'est enfui et demeure introuvable. Je souhaiterais que vous le retrouviez avant la police. C'est pour cela que j'ai fait appel à vous.

Ma cuillère s'est agitée dans mon café. Quelques rotations supplémentaires. Belle mission ! Retrouver avant tout le monde un gars recherché par tous les uniformes de France et de l'espace Schengen, Navarre comprise. Il me prend pour qui, celui-là ? J'étais flattée, qu'on pense à moi pour ce genre de mandat, mais sincèrement, je me sentais un peu juste.

Un autre point, aussi, m'émoustillait :

— Attendez. Admettons que je parvienne à mes fins avant les poulets, qu'est-ce que vous voulez faire du meurtrier ? Vous venger ? Attention, la justice expéditive, c'est pas mon truc.

Hubert s'est gratté le menton. Il hésitait à m'affranchir sur les raisons profondes de sa démarche. Pourquoi diable désirait-il épingler l'assassin avant Poulaga ? Je l'ai incité à se confier :

— Écoutez, monsieur Renault. Il y a des risques. Toute mon enquête devra se dérouler à l'insu des schtroumfs, je veux dire des policiers. Et ils n'aiment pas ça. Alors j'ai besoin de savoir pourquoi je bosse. Consultez n'importe quel confrère, même si la profession ne se distingue pas par sa moralité, il en exigera autant.

— D'accord, d'accord. Je vous dis tout.

Il a siroté sa boisson première classe avant de se lancer :

— Yves a acheté une propriété dans les Corbières il y a une trentaine d'années. Depuis, pour travailler sur ses albums, il partait s'isoler là-bas. C'est le bout du monde. Idéal pour un artiste qui cherche la paix. Vous n'ignorez pas que, pour nos premiers titres, mon frère collaborait avec un scénariste.

Hubert avait dit « nos ». Je n'ai pas relevé, j'ai simplement répondu :

— Jean-Michel Char. Bien entendu, je me souviens des albums signés Run et Char. Comme le poète. Et je me rappelle de Char que j'ai aperçu dans des émissions de télé. Il y a quelques années, maintenant. Un grand blond, plus jeune que votre frère, je ne me trompe pas ?

— Non, c'est ça, c'était bien lui. Bref, à l'époque de leur collaboration, Yves et Jean-Michel s'isolaient dans cette maison. Leurs retraites duraient deux à trois mois, parfois plus. Dans ces conditions austères, ils produisaient à un rythme étonnant. À Paris, ils se contentaient des finitions : la mise en couleur, le lettrage. Parfois, ils s'offraient les services d'une petite équipe chargée de terminer l'ouvrage. Malheureusement, peu à peu,

Jean-Michel Char s'est désengagé. Il avait, disons... un goût prononcé pour l'argent. Il a préféré œuvrer au développement de sa fortune. Il est parti et n'a presque plus donné de nouvelles. Yves a continué, seul. Il n'a rien changé à ses habitudes : dans sa campagne, il vivait comme un moine et abattait un boulot phénoménal. Pas de sortie, manger, dormir, travailler, c'était tout. Pour survivre, il rémunérait une femme de ménage et un jardinier. Il y a cinq ans, tout le monde l'ignore, il a été victime d'un accident vasculaire cérébral qui l'a laissé paralysé du bras gauche. Ennuyeux pour un dessinateur gaucher.

Je pigeais pas encore tout, mais l'histoire prenait de l'intérêt. Hubert a soulevé sa tasse. Il dégustait en attendant mon objection. Elle est venue :

— Pourtant, il a signé des albums par la suite, non ?

Le thé a regagné la table tandis qu'Hubert acquiesçait :

— Oui. Deux.

— Dessinés par qui ?

La réponse a tardé avant de tomber sèchement :

— Son assassin.

— Pardon ?

— Thomas Carayol, l'homme qui entretenait la maison. Un jeune qui avait failli mal tourner, recruté par mon frère, au début pour les travaux de jardinage et d'entretien. Et un jour, je n'ai jamais su comment, il a découvert que le type avait du talent pour le dessin et il l'a utilisé.

Du talent ! Je veux ! Un jeune sans aucune expérience, capable de dessiner des albums en adoptant le style de leur auteur, sans que personne ne le remarque !

— Après son attaque, il y a cinq ans, Yves est parti séjourner dans les Corbières. Il se reposait et déprimait. Il a remarqué le don de Thomas, lui a appris l'essentiel du métier et ils se sont mis d'accord. Le jeune ferait le nègre, dans le plus grand secret, naturellement. Plus tard, lorsqu'il serait en mesure de voler de ses propres ailes, mon frère l'aurait aidé à se lancer.

— Mais on n'est pas arrivés au bout de l'aventure. Je

suppose qu'ils se sont engueulés pour un problème de fric. Et que ça s'est envenimé.

— Peut-être. Pour l'instant, on ne peut que supposer. Peut-être aussi que Carayol en a eu assez de rester dans l'ombre. Ou alors, il avait besoin d'argent. En tout cas, il semble avoir pris toutes les valeurs dans la maison. Yves emportait beaucoup de liquide, lors de ses séjours dans les Corbières. Il évitait ainsi d'aller en chercher au distributeur le plus proche, à dix kilomètres. On n'a rien retrouvé.

Tout cela ne me disait toujours pas pourquoi Hubert tenait tant à alpaguer le meurtrier de son frère avant les bourres, mais l'explication a suivi :

— En fait, au départ de Jean-Michel Char, Yves et moi avons créé notre propre maison d'édition. J'en suis le directeur général. Les albums se vendent correctement, mais la critique n'est pas tendre. Beaucoup considèrent que c'est Jean-Michel qui donnait le ton, la couleur à leurs œuvres.

Image paradoxale, c'est le scénariste qui donnait la couleur. Et jugement unanime, Jean-Michel Char était l'âme des albums. Depuis sa retraite, Run ramait afin de donner à ses livres une touche humoristique qui sonnait faux. Certes les dépenses publicitaires soutenaient encore les ventes. Mais pour combien de temps ?

— Aujourd'hui, si Thomas est arrêté et jugé, je me doute qu'il invoquera son statut de nègre pour expliquer son geste. Et, vis-à-vis du public qui semble de plus en plus hésitant, je pense que l'information serait très dommageable. La société ne s'en remettrait pas. Mon but est donc de le retrouver et de lui offrir une rente pour qu'il se taise.

Bel exemple d'amour fraternel. Qu'il ait tué son frère, il s'en fout, du moment qu'il ne perd pas d'oseille. Mes pensées ont dû générer une belle grimace de mépris et le brave Hubert a entrepris de se justifier :

— Je sens chez vous une certaine réprobation. Vous savez, les éditions Renault rapportent beaucoup. De quoi me nourrir et nourrir la famille de mon frère pour un bon moment. Même mort, Run continuera à vendre. Si la source se tarit ce sera une catastrophe. Ma belle-sœur a épousé Yves à l'âge de vingt ans. Elle n'a jamais travaillé, elle n'a aucune formation. Et un train de vie luxueux. Ils ont eu deux garçons, Hugo et Martin. Hugo, l'aîné, je l'emploie malgré son incompétence. Un vrai fils à papa, totalement incapable de quoi que ce soit. Le plus jeune, Martin, c'est pire. J'ai refusé de le garder, malgré les injonctions de son père. Mes neveux n'ont jamais eu besoin de gagner leur vie, résultat... Leur survie est suspendue aux bénéfices de la maison d'édition. Suite au crime, sur le coup de la haine, si on avait retrouvé Thomas Carayol, l'assassin, il est évident qu'on l'aurait étripé. Mais, après un délai de réflexion, on en est tous arrivés à une conclusion identique : la nécessité de protéger l'entreprise. Les ventes ont explosé, depuis le meurtre. J'ai récupéré les ébauches de l'album sur lequel ils travaillaient, ainsi que le scénario. En employant une équipe de dessinateurs un peu débrouillards, on peut le terminer. Ce sera sans aucun doute un grand succès commercial. C'est ce qu'aurait voulu Yves.

Pas compliqué de parler à la place des morts. Le meilleur moyen d'éviter les polémiques. *The show must go on, business is business.*

— Et si d'aventure je retrouve l'assassin de votre frère, vous pensez qu'il acceptera vos propositions ?

— Entre quinze ans de prison et quinze millions d'euros, il choisira vite.

— Vous pouvez lui offrir quinze millions d'euros ?

Hubert a pudiquement baissé le nez dans sa tasse et a murmuré :

— Oui. Et des faux papiers pour s'installer n'importe où hors de France.

— Les autres membres de la famille sont d'accord ?

— Oui. Peut-être pas de gaîté de cœur, mais ils sont d'accord. Vérifiez si vous voulez.

Banco. J'ai signé le contrat. Hubert m'a filé une belle avance en liquide. Que je conserverais quoiqu'il arrive. Si les flics se révélaient plus rapides, en particulier. Un beau pactole suivrait en cas de succès. J'ai ajouté une clause à notre accord. Une clause que Monsieur Renault, en dirigeant averti a aussitôt inscrite noir sur blanc sur son protocole et m'a relue :

— Le contrat sera considéré comme rempli lorsque madame Verdine Lily, signataire du présent acte, aura retrouvé Monsieur Carayol Thomas et sera en mesure d'en apporter la preuve.

En d'autres termes, je devais être capable de mettre Hubert Renault en contact avec l'assassin de son frère. Les négociations ultérieures ne m'appartenaient pas. Si par la suite, le meurtrier refusait l'offre du frangin de Run et se répandait en révélations fâcheuses, ce n'était pas mon problème. Mon client aurait raqué en vain.

Chapitre III

— Bernardo, t'as tout enregistré ?

J'ai attendu qu'Hubert Renault soit parti avant d'apostropher Philippe. Il m'a répondu par un signe de tête puis des applaudissements qui signifiaient « Bravo, belle affaire ».

— Qu'est-ce que t'en penses ?

Un pincement de lèvres pour toute réponse. Phil singeait le muet.

— Arrête ! J'ai besoin de tes conseils.

— Ouais, d'accord. Quand ça t'arrange, j'ai la permission de causer.

— Absolument. Sérieux, tu crois pas que je m'embarque dans un truc un peu costaud pour moi, non ?

— Écoute, tu risques rien. Au pire, t'arrives après les perdreaux et tant pis pour toi, il te filera qu'une partie du fric. Mais vu l'épaisseur du tas de biftons déjà en ta possession, t'as de quoi festoyer. Tu pourrais même me payer vos consos. Pour en revenir à ton client, il semble vraiment persuadé que l'investissement sera rentable. Par contre, à sa place, le Thomas, dès que je l'aurais retrouvé, je lui collerais trois bastos dans le buffet. C'est la seule méthode définitive contre les bavards. Et en plus, au prix de la chevrotine de contrebande, c'est nettement moins cher qu'une rente à vie, des faux papiers et un billet d'avion pour le Belize ou le Vanuatu. Donc, si tu colles la pogne sur le cuir de l'assassin, t'as intérêt à jouer serré. Sauf si t'as viré du côté des partisans de la peine de mort.

— Ouais, bien sûr. Et doublée d'une exécution en place publique. Il paraît que le petit commerce en tirait grand bénéfice. Une idée pour relancer la croissance dans nos contrées léthargiques. Non, rassure-toi. Je ne tiens pas du tout à ce que Renault joue aux justiciers expéditifs. Mais je le crois sincère. Je ne le sens pas se transformer en assassin. Surtout qu'il serait naturellement suspecté.

— Sois prudente quand même. Pas la peine de lui amener sa victime sur un plateau.

— De toute façon, je crois qu'il va falloir se méfier de tout le monde, dans ce job. Du client, de Carayol, aussi. Il n'aura pas de scrupules à me flinguer s'il se sent en danger. Et les flics ! Ils n'aiment pas trop la concurrence, en général…

Je me suis tue un instant avant de conclure :

— De toute façon, j'ai accepté, alors, je continue. Demain, je pars dans les Corbières, sur les lieux du crime.

— Et Juan-Manko, au fait ? Il ne se pointe pas cette semaine ?

Juan-Manko ! Mon Inca ! Ma préoccupation principale depuis trois mois !

L'été précédent, j'étais partie au Pérou, pour un périple touristique. Une équipée organisée par une association alternative. Un voyage équitable, où les gringos rangent leurs gros bides, leurs bermudas à fleurs et leurs vannes suffisantes pour aborder les populations locales. Juan-Manko, un jeune Péruvien, nous avait guidés, de Cusco au Machu Picchu en passant par Puno et le lac Titicaca. Il nous avait conduits de village en village et initiés aux coutumes andines. Personnellement, j'avais poussé l'intégration un peu plus loin. Jusqu'à goûter aux délices de l'amour à quatre mille mètres d'altitude. L'oxygène manquait, mais les feuilles de coca mâchées sans retenue rétablissaient l'équilibre des flux hormonaux. Juan-Manko devait débarquer incessamment, à mon tour de le guider dans la France profonde. Entre deux ébats. Philippe et Solange étaient au courant de l'aventure, bien entendu.

— Juan-Manko ? Si. Il arrive dans trois jours. Je vais le prévenir d'atterrir directement à Carcassonne.

— Depuis Lima ? Je sais pas s'il y a des directs.

— Y a certainement une navette. Un aller-retour tous les quinze ans. Effectivement, son plan de vol va être assez compliqué. Il a déjà prévu des escales à Caracas et Madrid. Si on trouve pas de billet, je te chargerai d'aller le chercher à Roissy et de le fourguer dans le Paris – Port-Bou, gare d'Austerlitz. Tu le reconnaîtras, c'est le seul indien aux yeux bleus.

Je suis rentrée chez moi, dans mon petit deux-pièces avec vue sur la ligne de Sceaux, j'ai connecté mon ordinateur et suis partie à la pêche aux infos diverses : les articles sur le crime des Corbières, d'abord.

Yves Renault – Run – avait été assassiné dix jours plus tôt, le soir, dans sa campagne du sud de Carcassonne. On disait « campagne », dans ce coin, pour désigner une ferme isolée. La bâtisse se situait au-dessus des gorges de l'Orbieu, un affluent de l'Aude, en plein centre des Corbières. Une zone très peu habitée, où les villages se vidaient depuis un siècle. Exode rural à peine freiné par des « néos », belges, hollandais, allemands ou français qui s'y installaient afin d'élever des chèvres, de faire de la peinture sur soie et du macramé. Le secteur était ainsi devenu un paradis pour urbain en mal de solitude, comme Run.

Le meurtrier, un jeune du coin, avait utilisé un fusil de chasse et avait touché sa cible en pleine tête. Il avait descendu le dessinateur le fameux soir où la région avait été prise sous les orages du siècle. Étant donné la météo et la densité de population dans les environs, l'assassin ne risquait pas d'être dérangé. Ensuite, peinard comme un moinillon en retraite, le type avait raflé tout le pognon dans la maison et s'était barré en bagnole. Facile, pour un natif de la zone. Après, on perdait sa trace. En tout cas, les journaux ne s'avançaient pas plus loin.

Je connaissais un peu la contrée. J'y avais séjourné à l'occasion de vacances scolaires, des années auparavant. J'aurais plaisir, aux détours de l'enquête à jouer au guide pour Juan-Manko. Les coins de baignade au bord de la rivière, les chemins isolés dans les bois, les ruines de bergeries. Rien de grandiose, mais plein de petits trucs charmants. Et puis pas loin, la cité de Carcassonne. Digne du Machu Picchu. Juan-Manko avait vécu trois ans à Paris, lors de ses études, sans trop s'éloigner de la capitale. Il venait pour moi et accessoirement pour visiter d'autres régions de France. J'allais lui organiser un petit séjour touristique dont il se souviendrait. Restait plus qu'à espérer le beau temps. La météo était un peu incertaine, comme souvent à la fin de l'automne. Mais les cieux avaient déjà pas mal balancé, ils étaient taris.

Second boulot, réserver un logis. Je n'avais pas de temps à perdre, les jours qui m'éloignaient de l'instant du crime détruisaient les indices et jouaient en faveur du fuyard. Je désirais m'installer, au milieu des gorges de l'Orbieu. Sentir l'environnement, l'histoire des lieux... La meilleure façon de piger les réactions de l'assassin. Naturellement, Hilton n'avait pas encore ouvert de palace dans le quartier. Résultat, pas d'hôtel, ou trop loin. Quelques gîtes, clos à cette saison. J'en ai déniché un, en insistant. La propriétaire, une des nombreuses ressortissantes allemandes de la vallée, était réfractaire, au début. Elle ne louait pas hors saison estivale. « Vous comprenez, je dois tout remettre en ordre pour seulement quelques jours. » J'ai proposé double tarif, affirmé que je m'accommoderais des divers embarras et elle a consenti à m'héberger dès la fin de la semaine. D'ici-là, soit j'attendais à Paris, soit je descendais et me logeais en ville, à Carcassonne ou Lézignan-Corbières, les mégalopoles voisines.

C'est Juan-Manko qui a emporté la décision. Sa navette Lima – Carcassonne, via Caracas, Madrid et Londres, quarante-huit heures de voyage escales comprises, arrivait le soir où madame Schmidt m'ouvrait son gîte. Impeccable. Seul Thomas Carayol manquait au rendez-vous. Mais lui, il créchait peut-être déjà à l'autre bout du monde.

Après avoir bouclé mes valoches, je me suis rendue aux Éditions Y.H. Renault. Yves, Hubert Renault. Hubert avait promis de me léguer un dossier farci de renseignements pratiques dont la tronche de Carayol en technicolor, les coordonnées des lieux du crime noir sur blanc et divers détails administratifs. Il était absent : un rendez-vous important chez son banquier. Une secrétaire m'a aimablement remis de sa part une chemise rose. Elle contenait entre autres la trombine de Thomas sur des images saisies dans la propriété des Corbières, lors de petites fêtes où il était invité par les proprios. Des vues générales de groupes de convives, le verre à la main. Sur une des prises de vue, Carayol trinquait avec un gars qui m'a rappelé Jean-Michel Char, le premier scénariste de « Pierron ». Te disperse pas, Lily, essaie plutôt d'enregistrer ton gibier.

Hubert Renault avait pris soin de légender ses photos. De gauche à droite, comme dans les journaux. Au fil des images, j'ai pu dévisager les neveux, l'épouse, l'ex-scénariste, effectivement, mon client lui-même et enfin Carayol. L'ensemble manquait un peu de précision. On distinguait un grand type athlétique, assez jeune, brun, les cheveux courts presque rasés. Et selon une mauvaise photocopie de sa carte d'identité jointe à son contrat de travail, yeux bleus, signe particulier : né en Andorre. *That's all.* Pas de la tarte pour le retapisser. Autant chercher une trace d'humour dans une biographie de Margaret Thatcher.

Enfin, dernière tâche avant de me pieuter seule pour l'antépénultième nuit, j'ai été quérir à la librairie de la rue les bandes dessinées du sieur Run. Toute la collection de « Pierron ». J'ai bouquiné une partie de la nuit, j'ai comparé l'album X, *Le sommeil d'Austerlitz* dessiné de sa main et le XI, *Pas de hyènes à Iéna* croqué par le sieur Carayol. Difficile de déceler une différence. De temps à autre, j'avais une vague sensation d'évolution de style, plutôt guidée par mon imagination. Indubitablement, le changement d'auteur n'était pas perceptible du grand public. Dans ces conditions, je comprenais un peu les tensions inévitables entre l'auteur officiel et le nègre. À Run la gloire, à

Carayol le turbin. Une situation invivable à long terme. Surtout si d'âpres négociations financières s'étaient mêlées aux élucubrations esthétiques. De quoi refroidir un type et l'envoyer rejoindre la cohorte des artistes maudits.

Chapitre IV

Le « zinc de Lima » se profilait à l'horizon de Barbaira. Dix-huit heures trente, l'aéroport de Carcassonne – Salvaza entrait en ébullition en attendant l'événement du jour, l'arrivée d'un Boeing. Salvaza : un petit terrain d'aviation de province, transformé au début du XXIe siècle en aérodrome plus conséquent. Par le miracle de l'arrivée d'une compagnie aérienne à bas coût. À coup bas, plutôt : spécialiste de l'exploitation de la main-d'œuvre, du surbooking et de la versatilité.

Les subsides régionaux avaient contribué au développement du lieu et avaient largement modifié les alentours campagnards. Curieux aménagement du territoire ! Routes, parkings, rond-points, du goudron partout, à la place de l'herbe et des vignes. Si d'aventure, le mécène des airs partait vers des cieux plus offrants, il nous léguerait un océan de bitume au milieu du désert. À moins que les dirigeants de la compagnie ne soient animés par le désir irrépressible de participer au développement de la moyenne vallée de l'Aude. Farfelu, non ?

Ce soir-là, un voyageur inaugurait le vol Lima – Carcassonne, le premier et sûrement le dernier. Durée cinquante-six heures étant donné les retards cumulés. Il est habitué aux variations d'altitude, mon Indien, mais je ne sais pas dans quel état je vais le retrouver. D'autant qu'il a passé les trois quarts du voyage à poireauter dans des salles d'embarquement. Assis sur des sièges design en plastique dur qui vous initient au lumbago avec autant de brio qu'un stage chez un déménageur de pianos.

L'avion de Juan-Manko arrivait de Londres par la liaison officielle et pluri hebdomadaire, Stansted – Carcassonne. L'Inca avait probablement gaspillé ses dernières heures péruviennes à chercher le coucou qui lui permettrait, en partant de Lima, d'attraper ce vol régulier. Il y était parvenu. Je l'ai repéré dès sa descente sur le tarmac. À Salvaza, pas encore de satellite, il faut arquer pour parcourir la courte distance qui sépare l'avion de l'aérogare. Et là, au sein d'une foule majoritairement blonde aux yeux bleus, on distinguait la démarche chaloupée d'un Indien. La démarche et la couleur de peau. Sa couleur ! Un mystère. Un projet, également. Depuis que je l'avais rencontré, je tentais d'obtenir cette nuance en mélangeant diverses teintes de gouaches. Je m'essayais à la peinture et le coloris de l'épiderme humain me causait du souci. Une mixtion « Terre de Sienne brûlée et blanc », disait-on. Mais Juan-Manko ne rentrait pas dans le cadre. Les nombreux métissages de ses ancêtres, Inca plus Andalou plus Noir d'Afrique de l'Ouest sans oublier le Galicien, dans tous les sens et à maintes reprises, lui conféraient un teint unique : « Terre de Sienne, abricot et rose trémière » mais attention au dosage. Le fruit gagne à rester sobre et la fleur encore plus discrète. Cependant, les supprimer eût été s'affaler dans l'anodin. La mémoire trahit : trois mois que je mêlais en vain les tons les plus variés. Durant ce séjour, le modèle serait à portée de toile et j'avais pris tubes et pinceaux pour tenter de reproduire sa couleur. Avec en filigrane l'idée de créer mon premier monochrome. *Monochrome chair*, après le *Monochrome bleu* de Klein. Qui deviendrait, qui sait « *Monochrome cher* » ?

Juan-Manko avançait lentement dans la file d'attente vers le guichet des flics, parfois caché derrière les géants du Nord qui composaient la foule. Il n'était pas très grand, une adaptation au climat âpre de sa contrée d'origine. Enfin, il a présenté son passeport à la douane. J'avais un peu les foies que le gabelou ne s'interpose pour une raison occidentale, mais l'homme a laissé l'envahisseur pénétrer la banlieue de Babylone. Juan-Manko s'est approché. Le vrai Juan-Manko, qui s'est immédiatement substitué à l'image édifiée en son absence : ses yeux bridés d'Indiens d'Amérique mais à l'iris bleu, ses cheveux noirs, mi-longs, brillants, recouverts ce soir-là du chapeau melon traditionnel des femmes Incas, ses pommettes hautes, un soupçon d'Asie dans ses gènes hétérogènes. La rose trémière pâlichonne ressortait sous les néons de l'aérogare. Juan-Manko m'a embrassée, sans retenue. Je lui ai rendu son étreinte. Dès qu'on s'est écartés, il m'a d'autorité posé le melon sur la tête :

— C'est pour toi.

J'ai remercié et ajouté :

— Viens, on va chercher tes bagages.

L'avion était rempli, la foule s'était postée à proximité du tapis qui convoyait sacs et valises. Déjà de nombreux paquetages déambulaient devant les passagers. Nous attendions trois valises bariolées qui tardaient à apparaître. Périodiquement, mon regard s'accrochait à un sac, le suivait puis le quittait pour un autre. J'ai pigé aisément le manège des bagages : certains tentaient de capter l'attention de l'homme, se traînaient lentement au gré du tapis roulant, s'accrochaient dans un virage et pivotaient pour mieux s'offrir. Puis, s'ils avaient été dédaignés, ils ressortaient par une espèce de passe-plat. Vers une destination inconnue. Généralement, après avoir cherché à se donner plus loin, ils réapparaissaient à trois mètres de là, à travers un autre passe-plat. Enfin, brusquement une main les saisissait. Soulagées, les besaces se laissaient adopter et disparaissaient aux mains de leurs propriétaires.

De nouveaux bagages débarquaient, par vagues successives. Les novices s'intégraient à la procession et finissaient par sortir du jeu, eux aussi, emportés par un passager.

La scène s'est répétée deux cents fois, le tapis a tourné à vide puis s'est arrêté. Le bruit a cessé dans l'aérogare déserté. Juan-Manko qui me tenait par la main m'a regardée et a murmuré fataliste avec son accent espagnol aléatoire :

— Yé crois qué mes bagages sont paumés. Si y'ai de la chance, un à Caracas, un à Madrid et un à Londres. Heureusement qué y'avais les feuilles de coca sur moi.

— T'as passé la douane avec des feuilles de coca ? T'es fou !

— Mais non. Les chiens ne les sentent pas et les douaniers les confondent avec du thé. On peut simplement me reprocher l'importassionn illicite de végétaux. De toute façon, vu les quantités, y a même pas de quoi fabriquer un demi-gramme de cocaïne.

On s'est rendus au seul guichet ouvert susceptible d'écouter nos jérémiades à propos de la perte des valoches. Le préposé nous a à peine rassurés :

— Le plus souvent, les sacs sont égarés lors d'un transfert et arrivent avec un ou deux jours de retard. Parfois, plus. Vous aviez des objets de valeurs à l'intérieur ? De toute façon, on va faire une déclaration. Les assurances vous rembourseront en cas de perte définitive.

Juan-Manko avait appris le français au sein de groupes d'étudiants. Il le maniait très bien mais employait indifféremment un parler populaire ou un langage soutenu, sans se soucier du contexte.

— Non, pas de valeur. Une brosse à dents, des fringues chaudes, des capotes. Tout un tas de merdes qui contribuent à la sourvie sous ces latitudes. Sans valeur mais indispensables.

Le type l'a maté d'un œil réprobateur. J'ai joué les intermédiaires :

— Excusez-le, il apprend le français. Il retient préférentiellement les mots vulgaires. Pour résumer, il souhaiterait récupérer ses sacs assez rapidement.

— Comme tout le monde ! On fera au mieux. J'envoie des messages aux escales. Vous séjournez dans le coin ?

— Oui.

— Alors, donnez-moi un numéro de téléphone où je pourrai vous joindre. Si on les retrouve, on vous prévient immédiatement.

Désagrément limité, on était enfin ensemble. On est sortis de l'aéroport un peu dépités. Juan-Manko était fringué comme pour une balade tropicale. Il faisait nuit, une nuit occitane de fin d'automne, plutôt fraîche. On s'est réfugiés dans ma voiture.

Chapitre V

— Où on va ?

— Dans des collines, pas loin. Si je te parle de montagnes, tu rigoleras.

— Bon. Qu'est-ce que tou m'as écrit sur ton dernier message ? Tou enquêtes sur un crime ?

— Ouais. Je compte sur ton aide.

Juan-Manko s'est marré. La situation lui plaisait.

— Il est dangereux, ton assassin ?

— Assez pour tuer son prochain.

— Tou as quelque chose, un portrait-robot, des empreintes ? Et les keufs, ils branlent rien ?

De temps à autre, je me sentais obligée de le corriger :

— On ne dit pas « branler ». C'est vachement vulgaire.

— *Disculpe*. On m'a fourni les mots sans le mode d'emploi.

— Pas grave, je t'apprendrai. Concernant le crime, je connais l'identité de l'assassin.

— Alors on cherche quoi ? Le mort ?

— Non. Lui, il est enterré.

— Ben quoi alors ? Pas casse-couilles ton boulot. Tou palpes combien, pour té les rouler dé la sorte ?

L'étendue de son vocabulaire me stupéfiait. Juste une pointe d'accent qui ressortait épisodiquement pour indiquer que le français n'était pas sa langue maternelle. Juan-Manko était clairement doué pour les langues. Il maîtrisait également l'espagnol, le quechua et l'anglais. Dommage, il ne cherchait pas à différencier l'argot. Il comptait sur l'indulgence de ses interlocuteurs.

— Tu verras, c'est pas si simple. Je t'expliquerai.

J'ai démarré et pris vers l'est : la direction des Corbières. On a contourné Carcassonne par l'autoroute et apprécié au passage la vue de la Cité éclairée.

— Pas dégueu, ce truc ! C'est connu ?

— On viendra visiter.

Tout en avançant, j'ai entrepris de l'éclairer sur mon enquête. Il a sifflé admirativement et m'a avoué :

— Tou vois, Lily. Ton boulot de détective, yé croyais que c'était des conneries…

— Eh non. Tu sais, il pourrait y avoir du sport.

On a quitté l'autoroute et rapidement oublié les grands axes pour nous enfoncer à l'intérieur des Corbières. Dans l'obscurité, les conséquences de la récente catastrophe météorologique se devinaient à peine. De menues scories du cataclysme s'inséraient sur le goudron : flaques d'eau scintillantes dans la lumière des phares, branches cassées, langues de terre et de cailloux disséminées.

La route était étroite et sinueuse. Délicat d'y excéder cinquante kilomètres à l'heure. Enfin, vers huit heures du soir, la vallée de l'Orbieu s'est ouverte devant nos roues. Des gorges modestes mais séduisantes. Rien à voir avec les canyons des Andes, cependant. Quinze ans que je n'étais pas venue. Malgré tout, les villages traversés ne semblaient guère différents.

— Tiens, essaie de lire les indications, j'ai fait, en tendant un papier froissé à Juan-Manko.

Frau Schmidt, ma propriétaire, m'avait envoyé un plan succinct, agrémenté d'explications sibyllines. L'Inca a lu :

— Première route carrossable après le village de Montjoi, à

gauche en direction de la rivière. C'est la première bâtisse sur la droite, ce sera ouvert.

J'ai découvert un chemin sans asphalte que j'ai rangé dans la catégorie carrossable. On l'a pris en évitant les ornières et l'habitation s'est dévoilée presque aussitôt. Je me suis garée devant la porte. Les abords étaient boueux, farcis de trous. L'entrée est apparue dans la lueur hésitante de ma torche. Frau Schmidt l'avait laissée ouverte. Pas de danger d'effraction, à cette époque : les voleurs hibernent. Pas les assassins.

La proprio m'avait indiqué le compteur électrique. Premier placard à gauche. Vide. On a fouillé à la lueur d'un briquet et on a fini par le dégotter en face. Mal latéralisée, la gretchen. Superflu de toute façon, le jus était coupé depuis l'orage et pas encore rétabli. Madame Schmidt m'avait prévenue des risques de panne et m'avait suggéré de me munir d'une réserve de bougies. J'avais obéi. C'était notre unique moyen d'éclairage.

La baraque sentait le moisi et la piaule exhibait sa rusticité. Juan-Manko a fait :

— Ça te rappelle pas l'hôtel de Puno ?

L'hôtel de Puno ! Notre première nuit d'amour. On avait débarqué dans la ville le soir, au sein du groupe de touristes français. L'hôtel prévu, malgré les réservations préalables, était trop petit. L'aubergiste nous avait proposé une piaule garnie d'un pageot double, dans une annexe. Un peu crade. Les couples boudaient et ont poliment refusé, les célibataires ne semblaient pas prêts à partager un pieu, alors je m'étais sacrifiée, avec Juan-Manko. Je sentais qu'il se passait un truc, depuis deux ou trois jours. Cette main sur l'épaule, le matin, au milieu des cités sur pilotis du lac Titicaca. Ces descriptions détaillées de la vie des Indiens que Juan-Manko semblait m'adresser personnellement. Et puis ses yeux bridés, bleus, les seuls du monde habité. Le groupe nous a scrutés tandis que nous nous éloignions vers l'annexe. Perplexes, les mâles se demandaient si j'allais coucher. Jalouses, les femmes n'en doutaient pas. Elles m'ont jeté des regards noirs pour le reste du voyage. Même les femmes mariées. Surtout les femmes mariées.

La carrée des gorges de l'Orbieu affichait une déco comparable à celle de Puno, c'est-à-dire pas de déco, exceptée une collection de moisissures digne de l'institut Pasteur qui bouffaient le papier peint à moitié décollé. Il faisait froid et humide. Une seule solution, dévorer les sandwiches achetés à la hâte dans un snack de l'aéroport et se pieuter.

L'Indien m'a souligné que son pyjama demeurait coincé à Caracas. Je l'ai mis à l'aise :

— A priori, il ne te manquera pas trop durant ton séjour.

Il s'est déloqué. L'abricot ressortait à la lueur des bougies..

Juan-Manko était crevé mais je me suis chargée d'éliminer sa fatigue. Un mec de trente balais l'oublie vite, sa fatigue, surtout si on le stimule avec précision. On a roulé de tous les côtés du lit, d'abord pour réchauffer les draps, ensuite pour réchauffer nos fluides. Un peu de passivité au début, suite au voyage. Pas de doute, c'était à moi de mener la danse. Je conclurais en Amazone, en hommage à l'Amérique latine. J'essayais d'ouvrir les yeux, pour enregistrer la couleur de sa peau, mais le plaisir m'a rendue aveugle. Nos chairs se sont alliées en un patchwork pêche-abricot, un patchwork rendu instable par les incertitudes de la bougie et la valse de nos corps. Juan-Manko s'est insinué sous moi, sans contester. Puis en moi. Le sommier couinait grave, à réveiller les premiers voisins qui devaient pourtant crécher à trois kilomètres. Lily couinait aigu, style reine de la nuit, le fa dièse au bout du bout des gammes de la voix humaine. J'ai tutoyé l'ultrason. L'Inca a caressé le soleil. Sans se brûler. Il a apprécié. Complètement. Moi aussi.

On s'est un peu écartés. À peine, pas question de laisser la chaleur s'enfuir. La chaleur ou le bonheur. Puis il a accompli le rite, comme à Puno : il a extirpé des feuilles de coca de son sac posé au bas du lit, les a mâchées consciencieusement et s'est tourné vers moi en demandant :

— *Feliz, señorita* ?

Déclenchement de fou rire automatique. Juan-Manko n'oubliait jamais le rite, j'y tenais. La première fois, à Puno, je l'avais traité de macho planétaire, pas mieux que les gringos pleins de morgue qui allument leurs clopes en s'informant : « alors, heureuse ». On avait conclu la dispute par une nouvelle étreinte. Depuis, Juan-Manko exécutait la cérémonie avec délectation.

On n'a pas remis le couvert, l'Inca suprême s'est endormi. Emmitouflée dans une vieille couvrante, j'en ai profité pour sortir mes pinceaux et œuvrer à un nouveau mélange. J'ai pris des photos aussi. Une infidèle notoire, la photographie, mais plus exploitable que la mémoire.

Chapitre VI

Ce matin, boulot, ma cocotte. Au programme, visite des lieux du crime. Juan-Manko pionçait, je l'ai laissé peinard. J'ai rédigé un mot à son intention et m'apprêtais à sortir lorsque mon portable a sonné. Peut-être l'aéroport, pour les bagages. Raté : Frau Schmidt.

— Alors, finalement, vous n'êtes pas venue ?

Surprise.

— Ben, si, on est là !

Frau Schmidt m'a affirmé qu'on n'était pas là. On a fini par tomber d'accord. Je m'étais gourée de chemin. J'ai réveillé Juan-Manko, on a tout embarqué pour retrouver le bon gîte. Le pauvre Inca bâillait, inexploitable pour un moment.

J'ai suivi les indications de Greta. De jour, c'était plus simple. L'Allemande nous attendait sur le seuil de son havre, au pied de son 4X4. Elle nous a gentiment conduits à l'intérieur et a précisé que le jus restait toujours bloqué au bout d'un câble sectionné à un kilomètre en aval. Le compteur inutile trônait dans son placard à gauche du couloir, conformément à ses infos.

Juan-Manko a rapidement exprimé le désir de retourner se coucher. Panne générale pour l'instant.

— Tout sera rétabli dans la journée.

Elle parlait de l'électricité. J'ai songé que je préférais la lumière des bougies. Tandis qu'elle me faisait l'article sur les commodités du logis, mon Indien s'est enfermé dans la chambre et s'est jeté sur le plumard. Je l'avais épuisé. Ensuite, madame Schmidt a accepté son pécule, m'a remis les clés « à déposer sous cette pierre en partant » et a pris congé.

J'ai un peu observé les lieux avant de partir au turbin. Le gîte était isolé, au bord d'un chemin cul-de-sac qui descendait en pente douce vers les gorges de l'Orbieu. La construction garnissait un petit hameau de trois maisons habitables mais vides et de bâtiments agricoles en ruines. L'un d'eux n'avait plus de toit et laissait dépasser d'énormes poutres plus ou moins pourries. Le site colonisait une clairière, sur un des rares endroits plats disponibles. Autour, les bois de chênes verts et de pins occupaient le paysage. Au loin en regardant vers l'aval, on discernait les maisons du petit village de Montjoi et les restes de son château. En bas, l'Orbieu apparaissait ça et là entre les arbres. Une bande jaune, sinueuse. La rivière charriait des tas d'alluvions depuis les orages. Elle regagnait doucement son lit mais le flux était encore important: les premiers arbres des berges baignaient toujours. On distinguait à mi-tronc une ligne nette, plus dense et plus foncée. C'était la limite de la montée des eaux, matérialisée par des monceaux de détritus. Tous s'étaient coincés dans les branches et y demeuraient prisonniers. Certains débris musardaient trois bons mètres au-dessus du niveau actuel.

Finalement l'Inca s'est levé et a proposé de m'accompagner. Je l'ai calé dans la voiture et on est partis chez le dessinateur.

La propriété de Run occupait un bosquet, en remontant les gorges, un peu à l'écart de la route, à flanc de coteau. Une belle maison ancienne en pierres du calcaire environnant. Et tout autour, de petits bâtiments coquets, à usage agricole à l'origine. Run les avait aménagés en habitations autonomes. Sauf un, ouvert sur trois côtés. Il abritait un cheval de trait. L'animal roupillait, une jambe légèrement pliée, le sabot à peine décollé du sol, sa mangeoire pleine. Apparemment, on s'occupait de lui. De son abri, il pouvait communiquer avec une prairie et jouissait d'un petit hectare pour s'ébattre.

Le chemin d'accès, peuplé d'ornières, témoignait des derniers passages de véhicules. Les flics, certainement. On a commencé par contourner la bâtisse : les poulets avaient posé les scellés sur l'habitation principale. J'hésitais à y entrer. Une effraction dès le premier jour de l'enquête, c'était un peu osé.

Les inondations avaient charrié de nombreux objets hétéroclites, depuis le haut de la colline, du pech, comme on l'appelle dans la région. Certains s'étaient trouvés bloqués contre la maison, du côté amont, d'autres l'avaient évitée et avaient continué vers la vallée. Une foule d'indices utiles pour la flicaille s'était certainement sauvée au gré des flux. D'autres étaient apparus, sans rapport avec la scène du crime. Juste un coup d'œil, afin de calmer ma conscience. Effectivement, je n'ai pas trouvé grand-chose dans les résidus des crues. Des kyrielles de sarments de vigne, un tambour de machine à laver, un bout de tissu informe genre sous-vêtement de carmélite et une grolle, pointure 50, ayant probablement appartenu à un cousin de Zavatta. La jumelle avait prolongé le voyage et croisait vers l'embouchure de l'Aude.

Run avait restauré à l'ancienne l'ensemble du hameau et possédait un vrai petit musée. Il avait pris garde de conserver toutes les traces du passé, outils, machines ou éléments d'architecture. Une charrue antique et un vieux tracteur oxydé accueillaient le visiteur devant la maison. Des constructions évoquaient le passé rural de l'habitation : un pressoir à raisins, un moulin à olives en pierre. L'Inca me questionnait sur la fonction de tous ces vestiges. Au-dessus, côté montagne, une grande construction cylindrique jouxtait le bâtiment. Toute en pierres, au moins trois mètres de diamètre et autant de haut. Un faux air de mini tour génoise corse. Juan-Manko s'est interrogé sur la fonction de l'édifice. J'ai émis une hypothèse.

— Un réservoir d'eau de pluie, je suppose. La région est

sèche. Dans le temps, on stockait l'eau en prévision de périodes de pénurie. J'imagine qu'Yves Renault ne l'utilisait plus.

En approchant, on a constaté que, grâce à un savant système de gouttières, la citerne recueillait les eaux pluviales des toits de la maison. Elle ne servait sans doute plus à rien. Juste au plaisir de l'œil.

On a visité tous les édifices ouverts et je me suis décidée à entrer dans l'habitation. Juan-Manko m'a demandé :

— On cherche quoi ?

— Je ne sais pas. Rien. Ou si, l'assassin. Mais il s'est enfui, sinon les bourres l'auraient alpagué.

— Les bourres ?

— Les policiers. N.m., fam. Nom masculin, familier, si tu préfères.

— Par où on rentre ?

— Par là...

J'avais remarqué une porte en bois, à mi-hauteur du pignon est. Porte qui donnait du grenier vers l'extérieur, à quatre mètres au-dessus du sol. Un passage pour le foin, à l'origine. Si le grenier communiquait avec le rez-de-chaussée, on pourrait poursuivre la visite. D'autant qu'on ne distinguait pas de bande plastique jaune et noire ornée des gros mots « Gendarmerie » pour en interdire l'entrée. Juan-Manko a ramené une belle échelle en bois d'un hangar, je suis partie récupérer une lampe de poche dans ma caisse et on s'est introduits sur les lieux du crime.

La lourde n'était pas condamnée et donnait, comme je le supposais, dans les combles de la baraque. Un grenier, inhabitable. Un repère d'araignées et de coffres pleins de vieilleries. Rien à glaner. Sauf un escalier qui nous a menés dans le logement.

Aménagé en une pièce principale immense et deux petites chambres. Renault avait adopté la décoration bobo rustique. Il avait dû chiner dans les brocantes alentour pour amasser une multitude de vieux objets ruraux. Il détenait en particulier une panoplie de forgeron. Sur les murs, marteaux, pinces, clous, fers à cheval agrémentaient la collection. Jusque dans la cheminée où un vrai soufflet de forge et une enclume complétaient le musée.

Le meurtre s'était produit dans le salon. Quelques traces de sang bruni ornaient toujours le carrelage.

Run avait installé sa planche à dessins près de la fenêtre. Un échantillon de ses ultimes œuvres y était visible : des crayonnés de Pierron. Les dernières planches de Thomas Carayol, en fait. Sur une table attenante, un dessin inachevé représentait un monument hongrois. « Château de Keszthely, Hongrie » était inscrit au bas du dessin. L'action de l'album en cours se déroulait en Europe centrale et l'artiste soignait le réalisme de ses futures planches.

Juan-Manko est entré dans une chambre. Le lit était prêt. Il m'a jeté un regard lubrique et m'a proposé :

— On baise ?

— V. premier groupe. Fam. À proscrire dans les débuts d'une relation. De toute façon, je n'y arriverai pas dans un endroit où la mort rôde encore.

— Tou as tort. Elle est partie. Elle ne s'attarde pas. Trop de boulot. Et puis, l'amour, c'est la vie. C'est l'antidote de la mort.

— Arrête ta philosophie hormonale. On ne justifie pas ses pulsions. C'est non.

— Dommage. Tou as trouvé ce que tou voulais ?

— Si on veut. Je m'imprègne.

On a terminé la visite par la cave. Une belle cave voûtée. Avec une bonne odeur de cave. Un parfum suranné dans nos contrées high-tech. Un fumet complexe, mélange du bois des barriques, de vieux rouges qui suintent, de terre battue et de moisissures garnissant les anfractuosités des parois. Question résurrection de souvenirs, la madeleine de Proust peut s'accrocher. J'ai humé avec acharnement jusqu'à saturer mes cellules olfactives et la pompe à nostalgie s'est réamorcée pour deux lustres.

Run était organisé. Des étiquettes poussiéreuses mais lisibles identifiaient chaque bouteille.

— On s'en jette une ? j'ai fait. Saint-Estèphe 76. L'année de la sécheresse, un grand millésime.

— Baiser tu peux pas mais picoler, pas de problème !

— Ouais. D'abord, on est au niveau inférieur. Une marque de respect. Chez toi aussi, tes ancêtres s'inclinaient devant l'Inca suprême.

— Tu parles d'un argument. En plus, c'est dou vol.

— C'est compris dans mes émoluments. Et puis un grand cru bordelais 76, c'est la première fois que j'en bois. Peut-être la dernière. De quoi justifier un petit écart vis-à-vis de la légalité.

Juan-Manko s'est emparé d'un tire-bouchon oublié sur une barrique et a ouvert la bouteille. On a goûté, à même le goulot, je voulais pas laisser de traces et j'avais pas l'intention de laver la vaisselle. La dégustation s'est soldée par une grimace :

— Trop frais. Faut l'emporter et le chambrer. Tiens, on en barbote deux autres, on n'aura peut-être pas l'occasion de revenir.

— Je préfère la chicha.

La chicha ! La boisson traditionnelle de son coin, du manioc ou du maïs jadis fermentés après mastication par les matrones du bled ! La comparaison au grand cru s'avérait audacieuse.

Un court instant, le temps de reboucher le Saint-Estèphe et de parcourir le chemin inverse, on était dehors. Le canasson sorti de sa veille s'est approché. Je l'ai caressé sur le museau. Placide, l'animal, comme souvent les bêtes de somme.

— Si j'avais le temps de t'apprendre à causer, j'ai l'impression que tu pourrais m'en raconter.

J'ai attrapé un peu de foin qui dépassait de la mangeoire et lui en ai proposé. Il a humé, et s'est éloigné. Pas faim. Nourri, régulièrement. Il voit du monde, en ce moment.

Juan-Manko s'est éloigné pour cracher.

— Ton pinard. J'ai l'impression d'avoir bou un verre de sciure.

— C'est la température. L'astringence ressort. Les tannins qui se regroupent sur les gencives. Chambré, on ne sentira plus rien. Viens te rincer la bouche.

On s'est dirigés vers la citerne d'eau de pluie. Un petit robinet en sortait, relié à un tuyau qui traversait les pierres. Juan-Manko a absorbé un coup de flotte pour se rincer le palais.

— De la flotte sur du Saint-Estèphe, après le parallèle avec la chicha, on n'est pas loin de l'excommunication, mon pauvre.

— Surtout qu'elle est vraiment dégueulasse, cette flotte.
— Tu parles ! Elle croupit dans le bac depuis des mois.
Il a craché et deux minutes plus tard, on était en route vers le gîte de Frau Schmidt.

Chapitre VII

— On n'a rien à bouffer. Faut s'approvisionner. J'achèterai le journal local, en même temps.

La supérette de Lagrasse, à une vingtaine de kilomètres, nous ravitaillerait. Le village se développait au débouché des gorges de l'Orbieu, dans une zone moins escarpée. Sur la route, les inondations avaient engendré des dégâts colossaux. La chaussée était jalonnée de ceps de vigne et de mètres cubes de terre charriés par le courant. Dans le bourg, les traces de boue parfois jusqu'au premier étage des maisons signalaient le passage des flots. D'innombrables objets disparates avaient été entraînés : des plus légers, tables et chaises en plastique des bistrots aux plus lourds comme des voitures, du petit matériel agricole ou industriel. Partout les gens s'affairaient à débarrasser les meubles endommagés, à nettoyer, à sécher. Au fond des vallons, l'eau stagnait toujours et tardait à s'évacuer.

Les rayons de l'épicerie évoquaient les meilleurs bazars soviétiques. Seuls les produits de première nécessité recommençaient à garnir les linéaires. Pour le superflu, revenez plus tard. J'ai revu mes exigences gastronomiques à la baisse.

En une dizaine de jours, comme tous les téléspectateurs, l'épicier s'était bâti une culture météorologique substantielle. Les infos avaient décortiqué l'ensemble du phénomène. Le profane jonglait désormais avec les anticyclones, les flux d'air chaud ou froid, les vents d'altitude ou basses pressions. L'hectopascal était devenu son unité favorite. Le commerçant m'a expliqué la conjonction défavorable des facteurs célestes. Des pluies exceptionnelles, agrémentées d'une tempête de « marin » peu commune. Le marin, c'est le vent de la mer. Les eaux des cieux qui convergeaient vers l'Aude n'avaient pas pu s'évacuer, contrariées par la houle de la Méditerranée. Une crise de vanité de Neptune qui pour une fois, malgré Brassens, s'était pris au sérieux. Bref, une quantité de flotte démesurée, doublée d'un trop-plein bouché et la région était sinistrée pour un moment.

Le type a également pesté contre le goudronnage de grandes zones commerciales autour des villes :

— L'eau ne s'infiltre plus. Tenez, à Lézignan et à Narbonne, tous ces centres commerciaux, toutes ces zones aménagées ont chassé l'herbe et la terre. Y a plus que du goudron partout. Comment voulez-vous que la flotte disparaisse ?

L'épicier a terminé en me prédisant une bascule du marin au « cers ». Le « cers », c'était la bise de terre locale. Moins connu que sa cousine parallèle, la tramontane catalane ou son collègue provençal, le mistral. Et du même acabit : un blizzard froid et aride. Souvent désagréable, mais dont tout le monde attendait désormais les vertus desséchantes.

— Une semaine de régime d'ouest, du « cers », si vous voulez, et ça ira mieux.

On a fini nos emplettes puis souhaité « bon courage » au détaillant. L'homme a rejoint son seau et sa raclette.

Au menu des prochains jours : pâtes, accompagnées de maïs et de haricots rouges pour rappeler son pays à mon invité. Le tout, arrosé du vieux Bordeaux de la cave de Run, les stocks de chicha du commerçant étant épuisés.

Au second rang sur ma liste, les canards. Pas comestibles, ceux-là. Le marchand de journaux était sympa, il m'a refilé ceux des dix jours précédents, dégottés dans son arrière-boutique, juste avant qu'ils ne partent emballer une daurade de Gruissan. Je lui ai expliqué que mon neveu y figurait sur une photo prise après un match de rugby mais je ne savais plus exactement à quelle date. L'habitude de mentir.

J'ai épluché les infos dans le salon de Frau Schmidt, pendant que Juan-Manko surveillait le frichti.

La littérature s'est révélée captivante. *La Dépêche du midi* s'était étendue sur le meurtre, malgré les inondations. Le journaleux spécialisé s'était muni d'une paire de bottes et avait arpenté la vallée pour nous fournir des détails dignes d'intérêt. La marque du fusil, un vieux Manufrance utilisé pour la chasse aux sangliers. De quoi signer un meurtre, les possesseurs d'une telle antiquité n'étant pas nombreux. Ensuite, le découvreur du cadavre, la femme de ménage de Run, accessoirement la concubine du tueur. Ce détail pouvait avoir son importance. Et enfin le CV de l'assassin, Thomas Carayol. Un petit roman. Enrichi en arrière-plan d'une bribe de mobile. L'autre sujet, c'était les inondations. Des douze disparus déclarés le lendemain de la catastrophe, on en avait désormais retrouvé sept. Cinq personnes demeuraient encore introuvables, coincées dans des siphons ou emportées par le flux jusqu'à la mer.

— C'est prêt, a constaté Juan-Manko en goûtant un spaghetto.

— OK, je me mets à table, comme on dit à la Rousse.

— Moi qui pensais venir au pays de la bouffe ! Non seulement c'est moi qui couisine et en plous, vou ce qu'on a acheté, on va pas s'en foutre plein la lampe.

— Écoute, pour la gastronomie, on verra plus tard. Sinon, j'ai grand plaisir à voir un mec au fourneau. C'est le deuxième test, après le pageot. Et je te jure, c'est sympa de te regarder cuisiner. T'as vu comme l'Occident développé a su inverser les rôles. Chez nous, c'est les mecs qui bossent. Le nombre de dépressions est d'ailleurs en croissance exponentielle. Tu parles, y a un paquet de mecs qui ne supportent pas de passer du rang de feignasse patentée à celui d'esclave au foyer. Feignasse, n.f. fam.

— Me fais pas croire que c'est le cas général. Bon, et ton enquête ? T'as des idées pour avancer ?

— Pas trop. Je dois rencontrer les principaux protagonistes. La copine du tueur, en particulier. Elle a, qui sait, des idées sur l'endroit où il a pu se réfugier. Des idées qu'elle garde pour elle, pour le protéger. Ensuite, le voisinage de Carayol, ses amis. D'après le journal, les flics fouillent dans cette direction. Tu irais où, toi, si tu voulais qu'on t'oublie ?

— Pas chez un proche. Chez nous, il y a la jungle, à l'est des Andes. Tous les anciens du Sentier lumineux sont dans ces parages. Ils peuvent s'y réorganiser en toute quiétude. Ici, c'est plus dur. Moi, je pense que je partirais à l'étranger.

Comme peut-être Carayol, dans les heures qui avaient suivi le crime. Si les flics détenaient l'info, ils ne la communiquaient pas. Et ils attendaient son retour, pour le cueillir. Tous les douaniers des aéroports seraient avertis, et les keufs disposeraient de la bobine du gonze en guise de sous-main.

— Bon, dis-je en aspirant une pâte. Faut que je m'organise. J'ai vu un annuaire, dans la turne. Je vais sonner Schéhérazade, la copine de Thomas Carayol.

Schéhérazade et Thomas habitaient dans un patelin proche, un appartement situé au rez-de-chaussée d'une maison coincée dans une ruelle miniature. Elle m'a reçue sans tergiverser. Nous a reçus. J'avais pris les yeux de Juan-Manko dans mes bagages. Un moyen éventuel de l'intéresser, si d'aventure elle se montrait récalcitrante. Je ne m'en suis presque pas servi : Schéhérazade Ghali a coopéré, sans retenue. Malgré dix jours de désespoir et de larmes.

Le jeune couple survivait dans deux pièces vieillottes qui ne voyaient la lumière qu'au solstice d'été et encore une demi-heure au zénith. Meublées par le proprio, style guerre et après-guerre. Vaisselier à étage et buffet en chêne sombre dans le séjour, formica dans la cuisine. Et autour, des tapisseries saturées de motifs floraux. L'œil y cherchait en vain une aire de répit. Ombres et ombres, obscur-obscur. Pas vraiment une turne d'artiste. Schéhérazade y broyait sa tristesse et ses regrets. Le bonheur simple, encore à portée deux semaines plus tôt, s'était fait la malle sans laisser d'adresse.

J'ai été un peu surprise, a priori, je pensais qu'elle n'avait aucune intention d'aider quiconque à retrouver Thomas. J'ai eu plutôt l'impression inverse. Je lui ai servi un petit mensonge pour l'éclairer sur les raisons de mes recherches. Un travail de journaliste : un grand reportage sur la vie d'un type en cavale. Je bossais en free-lance et dès que j'aurais mis les pognes sur son copain, je hélerais une équipe de pros pour le tournage d'un sujet télé. Un vrai scoop. Une démarche originale, ai-je affirmé. Dans les faits divers, les journalistes arrivent toujours après la bataille. Jamais de direct, jamais de flag. Nous, on innoverait. En toute confidentialité, bien entendu. « Et puis, c'est un moyen de comprendre les motivations de Thomas qui, pour l'instant, échappent au grand public ». La jeune femme n'a rien rétorqué. J'avais le sentiment qu'elle ne concevait pas la différence entre ce turbin et celui des perdreaux.

Schéhérazade était née dans la région. Dans une cité de Carcassonne, pas la belle, pas celle qu'on prévoyait de visiter pour l'élévation culturelle de Juan-Manko. Non, une cité d'aujourd'hui, moche et invivable. On ne la visiterait pas.

Schéhérazade, princesse arabe. De parents immigrés du Maroc. Moins de vingt-cinq ans. Une jolie petite brunette, les yeux noirs et le teint mat. Le vrai type méditerranéen. Trois ans qu'elle vivait en concubinage avec Thomas. Trois années délicates : elle avait fui sa famille, pour éviter la pression des frères et du père. Contact rompu, elle appelait sa mère en catimini, les autres zèbres seraient susceptibles de flinguer son mec ou de la renvoyer au bled épouser un cousin inconnu. Suite à son choix d'autonomie, elle essayait péniblement d'atteindre la fin du mois sans découvert bancaire. Le prix de l'indépendance. L'inflation galope sur le marché de la liberté.

Pour subsister, elle entretenait l'intérieur de maisons de touristes. L'hiver, l'activité se réduisait et Run devenait souvent son unique employeur. Chez lui, elle exécutait des tâches variées, lorsqu'il résidait sur place. Il n'était pas exigeant et comme il avait décidé de sous-traiter tous les travaux ménagers, Schéhérazade lui préparait également ses repas.

Je cherchais le mobile du crime. Les flics avaient décrété : l'argent. Le plus fréquent donc le plus probable. Le flic se satisfait souvent d'une réaction statistique. Thomas Carayol, petit gars moyen de la campagne languedocienne, n'était pas du style à sortir des schémas traditionnels. Aucune. Donc, il avait tué son patron pour le fric, et ceci pour deux raisons qu'on peut qualifier d'axiomes :

Axiome un : un pauvre a toujours besoin de fric.

Axiome deux : un pauvre en présence de fric a une tendance naturelle à se l'approprier.

Comme on n'avait pas retrouvé un centime dans la bicoque, la conclusion s'imposait. Personnellement, je trouvais l'ensemble un peu court et fouiller le raisonnement du meurtrier me paraissait essentiel pour le loger. On ne se réfugie pas au même endroit si on a prémédité un crime crapuleux ou si on a été atteint d'une ire brutale, occis un type et barboté son pognon parce qu'on en avait à moudre sous la main.

— Comment il était, le patron ? j'ai demandé.

— Normal. Gentil. Il fallait être discrète et ponctuelle et tout allait bien.

Schéhérazade était jolie. Pas assez pour s'afficher à la une de *Vogue*, suffisamment pour susciter l'envie d'un quinquagénaire isolé. Un joli minois qui m'offrait un autre mobile. Guère plus original que le blé : le crime passionnel.

— Excusez-moi. Pour avancer, j'ai besoin de tout savoir.

J'ai pris des gants, plutôt des moufles. Schéhérazade était émancipée, certes. Malgré tout, elle pouvait avoir conservé un excès de pudeur « culturel ».

— Le ménage, les repas, c'était votre seul travail ? Je veux dire, il ne vous a jamais employée pour autre chose ?

Schéhérazade m'a fixée. Elle pigeait parfaitement où je voulais en venir. Son regard me suggérait une once de clarté dans mes propos. J'ai obtempéré :

— Il ne vous a jamais draguée ?

— Jamais. Je crois qu'il ne m'a jamais regardée. Pour lui, moins il m'entendait, mieux c'était. Et je me suis contentée de ce rôle.

La jeune fille ne mentait pas. Adieu le crime passionnel. À moins que Thomas ne soit un jaloux pathologique.

— Combien de temps avez-vous travaillé chez Run ?

— Trois ans. Depuis que j'ai commencé à fréquenter Thomas. C'est lui qui m'a présentée. Auparavant, Monsieur Renault avait une dame à son service qui est partie à la retraite. Je l'ai remplacée.

— Vous connaissiez la teneur des rapports entre Thomas et Run ?

— Bien sûr. Enfin, bien sûr… C'est Monsieur Renault qui m'en a parlé. Il a eu peur que je me doute de quelque chose, vu son infirmité. En fait, je ne m'étais jamais posé la question, pour moi, il dessinait de sa main valide. Et comme ils se débrouillaient pour ne jamais se montrer ensemble devant la planche à dessins… Thomas continuait ses travaux d'entretien de la ferme, à l'extérieur. Quand j'étais sur place, il restait dehors. Il attendait que je les quitte pour dessiner. Il passait le plus clair de son temps là-bas.

— Auparavant, Thomas ne vous avait jamais dit qu'il dessinait ?

— Non.

— Pourquoi, vous avez une idée ?

— Non. C'est un peu son jardin secret. Il ne parle pas beaucoup, Thomas.

Elle venait d'employer le présent. Il serait judicieux de basculer rapidement sur l'imparfait, parce qu'un fiancé meurtrier, à moins de vingt-cinq ans, c'est pas un avenir.

Schéhérazade s'est approchée de la fenêtre et a observé la rue à travers le rideau. Une venelle étroite dans laquelle ne circulait pas grand monde. Trop étroite pour les autos, seules de rares personnes âgées l'empruntaient, à pied. Presque toujours de vieilles femmes monotones : robe grise ou noire, fichu uni sur des cheveux uniformément blancs, sac à main de similicuir brillant, bas gris sur des jambes aux varices proéminentes. Rue de la Mélancolie.

J'ai vu des larmes poindre au coin de ses yeux et j'ai lancé un thème de conversation moins éprouvant :

— Dites, c'est vous qui nourrissez le canasson, maintenant ?

— Oui, c'est moi. Vous avez vu le cheval ? Vous êtes allée chez Monsieur Renault ? Son fils aîné a promis de s'en occuper mais je ne l'ai pas revu depuis l'enterrement. Alors je continue, tant qu'il y a du foin.

— Schéhérazade, vous n'êtes pas obligée de me répondre. D'après vous, pourquoi Thomas a-t-il tué Yves Renault ?

Elle s'est un peu fermée. Délicat d'aborder le sujet. J'ai attiré l'Inca, doucement. Il l'a fixée, discrètement. Juste une petite œillade professionnelle, s'il te plaît, Juan-Manko. Schéhérazade a remarqué les yeux. Attirance obligatoire. C'est pas possible, ça marche à tous les coups. Pas encore trouvé une nana qui ne reste scotchée. L'Indien accompagne son regard de talents chamanistes précolombiens. Va falloir que je bosse dur, si je veux le garder. J'ai répété ma question pour désaimanter Schéhérazade. Juan-Manko était en passe d'emprisonner la poupée dans sa nasse, il a désapprouvé mon intervention du regard mais n'a rien ajouté. Un bon professionnel, l'Indien.

— Il a tout emporté, a finalement répondu Schéhérazade.

— Il avait besoin d'argent ?

— Comme tout le monde. Mais pas plus. On vit de pas grand-chose, ici.

— Alors le vol n'explique rien. C'est pas plutôt un besoin de gloire ? Il n'était pas envieux de voir Run gagner du pognon à gogo grâce à son boulot ?

— Peut-être. Au début, Thomas le considérait comme son bienfaiteur. C'était presque un dieu, pour lui. Regardez.

Schéhérazade s'est approchée d'un placard et en a sorti un carton à dessins. Elle l'a ouvert et a étalé les œuvres de son copain sur la table du salon.

— Monsieur Renault lui commandait des études, pour qu'il s'entraîne. Thomas a toujours obéi. Pour progresser. Pourtant, on peut pas dire qu'il était docile. Mais là, il était conscient que c'était la condition pour travailler dans le dessin. Il me disait que bientôt, il publierait seul. Run connaissait tout le monde dans le métier. Il lui trouverait facilement un éditeur. Ou bien, il l'éditerait directement.

J'ai feuilleté les œuvres. Des brouillons souvent, des compositions plus accomplies parfois. Un travail classique d'apprentissage. Natures mortes, portraits, chevaux au galop. Et nus : Schéhérazade, sous tous les angles.

— C'est vous ?

Elle a franchement rougi. Elle a confisqué le dessin et l'a placé hors du champ de vision de Juan-Manko. Retour de la pudeur culturelle.

— Oui. J'aimais pas l'idée qu'il se trouve un autre modèle, alors j'ai posé pour lui.

Juan-Manko s'est réveillé :

— C'est vrai qu'il aurait pu en trouver des plous tartignolles.

J'ai eu peur qu'elle ne s'offusque mais elle a souri devant tant de spontanéité. Le premier signe de gaîté depuis notre arrivée.

— Tartignolle : adj. qual., très fam., j'ai précisé à l'intention de l'Indien. Si tu peux me soumettre tes propos avant de parler.

— D'accord ! La censure, maintenant. C'est le seul caviar que tou me proposes. Remarque, yé souis rompu à ces pratiques, dans mon pays plous ou moins totalitaire. Vous savez mademoiselle, si je puis encore parler, l'Art est au-dessus de ça.

— L'Art peut-être, les artistes j'en suis pas sûre, j'ai fait.

Juan-Manko a boudé tout en zyeutant du coin de l'œil les nus de Schéhérazade. Joli corps, la petite. Delacroix l'aurait immortalisée en odalisque. Et sacré coup de crayon, Thomas. Il devait forcément tôt ou tard se montrer impatient et insister pour monnayer son talent. J'ai relancé le sujet. Mademoiselle Ghali n'a pas nié :

— C'est vrai que depuis plusieurs mois, il montrait un peu d'agacement. Il pensait dessiner le dernier album et ensuite travailler à une œuvre personnelle.

— Et Renault le savait ?

— Je l'ignore. Peut-être qu'il s'en doutait. J'essayais de tempérer Thomas. On était heureux, ici.

Une fille modeste, Schéhérazade. Elle était prête à se contenter de peu. Le fait d'avoir choisi son mec, c'était déjà énorme.

— Il le payait correctement ?

— Normalement. Au tarif des travaux manuels.

Normalement ! Ma pauvre petite, c'est pas le même tarif partout. Quelle enflure. Il avait profité de la naïveté de Thomas tout en maniant un peu la carotte. « Dans quelque temps, tu verras, quand ton coup de crayon sera vraiment bon, je te présenterai des gens... » Tu parles ! Run tenait à le conserver le plus longtemps possible vu que sans lui, il serait dans l'incapacité de publier.

Schéhérazade Ghali a ajouté :

— Monsieur Renault lui avait également laissé un petit jardin, au-dessus de la rivière, tout près de leur propriété. Un potager et le cabanon attenant. Thomas s'y détendait, c'était un peu devenu son repaire, surtout en été.

Le seigneur avait consenti à laisser un lopin à son serf dévoué. Une véritable relation de maître à esclave. Thomas l'a acceptée des années puis a pris peu à peu conscience de l'exploitation qu'il subissait et s'est rebellé.

— On peut imaginer une dispute qui dégénère ?

— Oui, pourquoi pas. Surtout que Thomas était de nature coléreuse. Même s'il s'était calmé.

— Thomas était coléreux ?

— Écoutez, si vous avez lu les journaux, vous savez qu'il a eu pas mal de problèmes, plus jeune.

Quelques articles évoquaient effectivement le passé tumultueux de Thomas. Un gosse de l'assistance, souvent rebelle et parfois client des tribunaux pour des affaires mineures, style rixes de fin de balloche rural.

— Et donc, pour vous, il n'y a aucun doute, c'est Thomas qui a tué Monsieur Renault ?

Elle a hésité. Pas sur la réponse. Sur la manière de le dire. Entre l'affirmation indiscutable, les regrets incontrôlables et la colère :

— Au début, j'ai espéré une autre conclusion. Pourquoi pas un rôdeur ? Et puis les flics ont apporté de plus en plus de preuves. On a retrouvé des douilles lui appartenant, il est parti avec sa voiture, il y a ses empreintes partout, mélangées au sang de Monsieur Renault. Il a sans doute voulu déplacer le corps et dès qu'il a vu qu'il ne pourrait pas, il est parti.

— Il n'a pas cherché à vous joindre ?

Elle a répondu sans la moindre hésitation :

— Non. Il doit être bourré de remords et mort de honte. Il a tout gâché. Il me semblait s'être rangé, pourtant.

La remarque m'a titillé : il « s'était rangé », donc, à une époque de sa vie, il était « dérangé ». J'ai eu envie d'approfondir ce passé évoqué par Schéhérazade. La petite commençait à fatiguer, j'ai finalement abrégé l'interrogatoire. Je m'informerais par d'autres canaux.

— Vous en avez marre, de mes questions ?

— Non. Enfin si, un peu. De toute façon, je dois partir travailler.

— Avant qu'on se sépare... Qui pourrait m'en apprendre plus sur Thomas ? J'ai besoin de le comprendre pour imaginer où il a pu se planquer.

Je n'y croyais pas vraiment mais il fallait que je justifie ma tâche auprès d'Hubert Renault. Schéhérazade m'a fourni une petite liste de personnes qui l'avaient connu. Le maître d'école, le président de l'équipe de rugby locale et son ancien employeur, un maçon de Lézignan. Un peu d'activité pour les prochains jours.

— Schéhérazade, encore deux choses : vous auriez deux ou trois photos récentes de Thomas ?

La jeune femme m'a cédé l'album du couple. Carayol y apparaissait plus nettement que sur les photos d'Hubert Renault.

— Et ma dernière question, toute bête. Vous, vous n'avez aucune idée d'un endroit où il pourrait se planquer ?

— Franchement, non. Il a très peu de famille, ses amis sont ici.

— Et on peut prendre le maquis, dans ce coin ? Et survivre durant des années ?

Schéhérazade n'a pas paru séduite par l'hypothèse. Il faudrait des complices, or, elle m'a certifié que si elle nourrissait bien le cheval de Run, elle ne partait pas dans la colline ravitailler son homme planqué dans une bergerie. Non, il vagabondait sûrement très loin et imaginait des moyens pour survivre.

Chapitre VIII

À peine rentrés, mon portable a sonné. Les bagages ! Bonne nouvelle, parce que le pauvre Juan-Manko commençait à manquer de rechange. Las, c'était Schéhérazade :

— Voilà, j'ai réfléchi. J'ai un service à vous demander : retrouvez Thomas et demandez-lui de se rendre. On lui accordera des circonstances atténuantes pour ces histoires de dessins et son boulot pour Monsieur Renault. C'est invivable, pour moi, ici. On me prend pour sa complice, tout le monde me regarde de travers. Et je n'ai nulle part où aller. En plus, pour lui, c'est préférable à une vie de fuite. Il faut absolument le convaincre. Dites-lui que je l'attendrai, quinze ans, vingt ans, le temps nécessaire.

J'ai regretté d'avoir menti et de m'être présentée en journaliste. « Le mensonge appelle le mensonge », affirmait mon curé. Il disait vrai, le bougre : impossible d'abandonner mon boulot de chroniqueuse. J'ai brodé :

— Et mon reportage ?

— C'est si important ?

Maintenant je courais le risque de passer pour une vraie dégueulasse, prête à tout pour un scoop. Désagréable, d'autant que je n'étais pas journaliste.

— Non. Peut-être pas.

— Alors, s'il vous plaît, dès que vous le voyez, expliquez-lui tout cela. Au moins pour moi.

Pas trop vite, petite. Je suis pas encore près de prendre langue avec ton pote. Mais la proposition m'intéresse. En plus, je suis déjà payée pour ce job. Le problème, c'est que les désirs des clients s'opposent quelque peu. Et comme le client est roi… Cornélien.

Je n'étais pas trop perturbée. L'habitude de régler les problèmes lorsqu'ils se présentent, pas avant. On verrait bien, pour l'instant, j'étais loin d'avoir une once de piste pour dénicher Carayol, alors… Alors, j'ai dit « oui » à Schéhérazade, pour la rassurer. Je lui ai déclaré que je m'arrangerais pour le reportage. La télé se contenterait de la reddition en direct.

Finalement, je préférais son contrat gratos à celui du frangin de Run. Affectif contre cupidité, j'avais choisi. Un peu dégueulasse, vu que c'est Hubert qui banquait. Il s'en remettrait. Et puis, moralement, tout ce fric glané sur la dextérité de Thomas en le payant au prix d'un nettoyeur d'écuries, c'était encore plus dégueulasse.

Juan-Manko m'a approuvé :

— Yé crois que tou as ploutôt intérêt à travailler pour la poupée. Elle est plous sympa. Et pouis, pour l'instant, ce n'est pas contradictoire.

— Toi, t'as pas été insensible aux courbes de son anatomie.

— Les tiennes n'ont pas d'équivalent.

Aucun doute, le commerce de la pommade est désormais mondialisé.

Le soir tombait. Juan-Manko a allumé une petite flambée dans la cheminée du salon puis a revêtu sa panoplie de guide. Pour un autre voyage. Ascension à mains nues de toutes les sierras, canyons insondables, douceur des toisons de vigogne, jardins lacustres humides du lac Titicaca, descente dans la moiteur de la forêt amazonienne, train des Andes au rythme versatile, accélérations à l'entrée du tunnel, parcours lent sur l'Altiplano, volcan d'Arequipa en éruption, torrents en fuite vers des contrées opaques. Les ailes géantes du condor se sont déployées pour m'enlacer, ses serres ne m'ont plus lâchée, l'Inca m'a conduite vers les merveilles du Machu Picchu, à l'accès si subtil. Mes gémissements plus sonores que tous les klaxons de Lima auraient couvert les hurlements des soudards de Pizarre. Juan-Manko, mon sentier lumineux, mon Dieu-Soleil, l'oxygène manque à l'altitude où tu m'as élevée.

Trois heures du mat'. L'heure où les amants s'endorment. Ou parlent. La bougie faiblit, la flamme bégaie face à la pénurie de cire.

Juan-Manko mâchait des feuilles de coca mélangées aux cendres du feu. Un bon truc pour réduire l'acidité de la plante. Je me suis levée pour peindre. Et pour l'entendre me raconter son pays.

— Tu es toujours en relation avec les clandestins du Sentier lumineux ?

Juan-Manko militait en faveur de l'extrême gauche locale. Interpol et les Renseignements Généraux avaient son signalement, une petite garde à vue avait d'ailleurs égayé son dernier séjour en France alors qu'il était étudiant. Quarante-huit heures à poireauter. Les autorités françaises désiraient vérifier auprès de celles de Lima le caractère inoffensif du présumé coupable. Les flics l'avaient libéré faute de réponse assez rapide du Pérou.

— Non. J'ai coupé. Depuis l'arrestassionn du leader, Guzman, les derniers militants sont réfugiés dans la jungle et pensent surtout à trafiquer la coca. J'ai mis du temps à m'en apercevoir, maintenant j'ai pigé.

— C'était déjà le cas avant, non ?

— *Si y no*. L'objectif politique dominait. Je crois qu'il n'existe plous. Ils ne songent qu'à survivre. Les paysans en ont marre de la violence, les relais chez les étudiants bourgeois sont coupés. On avait besoin de cette élite intellectuelle. C'est toujours elle qui a dirigé les luttes. Le Che, Castro, Lénine…

Tous des intellos. Pas des petits paysans sans terre. Mais la jeunesse s'est endormie, bercée par les illousionns de bonheur matériel. Et les pauvres sont trop pauvres. La révolussionn est morte, remplacée par la putain de réforme, fam., je sais, objectif annoncé de la social-démocratie. Comme ici, non ?

— *Si.*

Constat sombre et lucide.

— Alors je me contente de mon boulot de guide version haut de gamme pour des voyages un peu plus intelligents. Les touristes sont moins cons, dans le genre de groupes que je promène. C'est plus satisfaisant pour l'esprit. Maintenant, je me demande toujours si les populassions locales en bénéficient. Les gringos arrivent riches, repartent riches, la misère reste, mais ils l'ont vue. Les débiles qui n'y croyaient pas sont convaincus. Ils peuvent en parler en Europe, c'est vrai, mais pour l'instant, je ne constate pas d'amélorassionn.

On s'est tus un moment. Juan-Manko songeait à son passé récent : il avait aidé les guérilleros, dans sa jeunesse. Tracts à l'université, transferts de fonds et d'armes, un épisode qu'il n'aimait guère évoquer. Toutes ces luttes stériles. Dans leurs délires, les combattants avaient massacré des villages entiers, justifiant la répression féroce d'un pouvoir corrompu, violent et injuste. Avec pour conséquence l'élection du président Fujimori, un vrai dictateur à la sud-américaine. L'aventure avait pris fin, la situation se normalisait, mais les miséreux demeuraient miséreux.

— Juan-Manko, l'Homme porte en lui le gène de la connerie. Oublions-le un instant. Tourne-toi. Laisse-moi parcourir le dégradé de ton dos. Il y a du cuivré en haut, du doré en bas. Détends-toi. Décontracte tes épaules, tes muscles dorsaux me créent des ombres libertaires ! Encore des nuances incognita. Tu synthétises des pigments surnaturels. Tu effleures le divin. Viracocha.

Le vieux Bordeaux chambré et la coca altéraient un peu nos raisonnements. Juan-Manko se fondait en Viracocha, Dieu barbu créateur qui commandait au soleil. Viracocha, un jour disparu du royaume Inca, mais qui reviendrait selon la prophétie. Il était là.

J'ai mélangé les pigments quelques minutes, sans résultat satisfaisant, puis les effets de l'alcool et de la coca se sont estompés. Viracocha était barbu, Juan-Manko est glabre. Il était temps de le démystifier. En plus, j'avais une enquête à mener et un plan de travail à poursuivre.

— Demain, j'irai voir le président du rugby. Tu pourras rester ici, ce n'est a priori pas le genre de mec sensible à ton regard. Interdiction de sortir. D'aller deviser chez mademoiselle Ghali, par exemple. Vous seriez capables d'échanger sur vos points communs d'opprimés pour mieux vous unir sous le sceau de la rébellion. Ensuite, si j'ai le temps, je ferai un saut chez l'ancien patron de Thomas. Et l'après-midi, la cité de Carcassonne. Un vrai havre d'épées, tu verras.

— *No comprendo.* Trop fin pour mon pauvre parler populaire. Bonne nouit.

— Le puma a eu son dû, il peut s'endormir.

— Mama Quilla, la déesse lune aussi. Elle a brillé, non ?

Je n'ai pas répondu. Moi aussi, j'avais une légère envie de pioncer. L'homme est le seul animal qui prend sur ses heures de sommeil pour baiser. On appelle ça la civilisation. D'autre part, malgré un certain pessimisme sur l'issue de mes recherches, le programme du lendemain était chargé.

Chapitre IX

Petite nuit, mais peuplée de rêves, de statuettes et de masques d'or. Par contre, pas d'illumination. Juste quelques doutes, comme d'habitude. Sur l'intérêt de ma recherche, sur les hypothèses des uns et des autres. Mais nib pour progresser.

Le réveil tardif m'a obligée à me secouer. Onze heures. Si je voulais chopper le rugbyman avant le déjeuner, je me devais d'accélérer le mouvement. J'ai débordé l'Inca sur l'aile du sommier, fastoche, il pionçait comme une momie inca. Je lui ai laissé un petit mot sur la table pour lui signaler que j'avais croisé un dieu au grain de peau encore plus insolite et j'ai roulé vers un bled de la vallée de l'Aude. Le président du rugby club local, Armand Vidal, y tenait un commerce de fringues, franchisé par une grande marque.

La flotte s'épanouissait toujours dans tous les trous du relief. Le cers ne suffisait pas à tout sécher et certaines zones risquaient de rester sous l'eau plusieurs semaines. Le parking de la boîte de Vidal était dans ce cas. Je me suis garée un peu loin et j'ai louvoyé entre les mares afin d'arriver à sa porte et afin de me présenter comme journaliste parisienne.

On a discuté un long moment. Un type à la cinquantaine mûre, un accent de la région particulièrement prononcé. Parfois, je l'obligeais à répéter pour m'assurer que j'avais tout pigé. Et des tics de langage du cru, « nous autres », « quand même » et « macarel » à toutes les sauces. J'ai fini par les compter mentalement.

Il le connaissait bien, Thomas, il l'aimait bien aussi.

— Thomas, vous comprenez, mademoiselle, c'est un gars de l'assistance. Abandonné, placé en foyer. Un écorché vif toute sa jeunesse. À l'école, toujours puni. Et dehors, toujours à mettre la pagaille. On a cru que le rugby le sortirait de là. Et nous autres, on a tout fait pour, quand même. Mais à un moment, si les gens ne veulent rien comprendre et sont bornés… Il a fini par être suspendu définitivement. Dommage, il était costaud. Un mètre quatre-vingt-dix, des pognes comme des taloches de plâtrier. Macarel, avec un peu de sérieux, et moins d'agressivité, il serait devenu un de ces numéro huit, quand même ! En fait, il a commencé à treize, à Lézignan. Ils l'avaient déjà viré suite à des bagarres, d'ailleurs.

Énigmatiques, les propos du président. J'ai signifié à Vidal mon incompréhension totale :

— Un numéro huit ? À treize ? Ça veut dire quoi, tout ça ?

— Vous ne connaissez rien au rugby ? Eh bé, macarel, on n'a pas fini. Pour être clair, sachez qu'il y a deux jeux : le treize et le quinze. Ici, dans la région, le treize est tenace et nous pique pas mal de jeunes, quand même.

— Et vous n'avez jamais essayé de réunir les deux. Créer le quatorze, par exemple ?

Un éclat de rire a accueilli ma proposition géniale, aussitôt accompagné d'éclaircissements inaccessibles. Enfin, pour moi.

— Jouer à quatorze ! Macarel, et comment vous voulez faire ? L'équipe serait dissymétrique !

Dépitée, j'ai laissé échapper :

— Désolée, ça me dépasse. Parlez-moi plutôt de Thomas, j'apprendrai à jouer une autre fois.

Vidal m'a décrit le cursus rugbystique de Carayol. Ponctué de coups de poing, d'expulsions et de suspensions fréquentes. Il s'en prenait aux adversaires mais également aux arbitres.

Inacceptable dans ce sport :

— Vous comprenez, le rugby, ça n'a rien à voir avec le football. Nous autres, on est propres. Les chamailleries ne concernent que les joueurs et s'arrêtent à la sortie du terrain. On s'empégue une heure vingt et après on boit un coup ensemble. Au rugby, un joueur qui corrige un adversaire, surtout s'il est en faute, c'est un pédagogue. Un joueur qui corrige un arbitre, même s'il est en faute, c'est un voyou. Macarel, il a joué six ans chez nous, il a tabassé trois arbitres, quand même. On allait certainement le foutre dehors. Nous autres, Guy Poujade, l'entraîneur, et moi, on lui aurait donné une dernière chance, mais les joueurs en avaient marre. Finir tous les dimanches à quatorze, c'est insupportable. Entre parenthèses, pour nous autres, quatorze, décidément, c'est pas un bon chiffre. Plus la réputation. Dans tous les patelins où on allait, tout le monde nous attendait avec les crampons affûtés. Au lieu de se régaler, on en prenait plein la poire. Tout ça à cause d'un seul type… De toute façon, le problème Carayol s'est réglé sans qu'on nous demande notre avis. Une conclusion en apothéose. Il a eu une dernière salade. Il y a deux ans. Encore plus emmerdante, celle-là. Pas complètement de sa faute, quand même, mais ça donne une idée de son caractère.

— Qu'est-ce qui s'est passé de si exceptionnel ?

— Eh bé, un jour, c'était contre Trèbes. Il a été expulsé et il est rentré au vestiaire. Vous savez, chez nous, il faudrait que je vous amène au stade, les vestiaires sont sous les tribunes, à l'écart des regards. Tandis que le match se prolongeait, il va pour se changer. Il tourne autour des gradins, il arrive devant les vestiaires, et là, il choppe un jeune de Carcassonne, un petit d'une cité. Le gosse avait forcé la porte et se servait dans les poches des joueurs. Il l'attrape et il lui colle une paire de torgnoles, macarel ! Vu sa force, l'autre, le gamin, il est tombé dans les pommes. Il a fallu appeler le SAMU et tout le reste. Traumatisme crânien, la figure en purée. Les parents ont porté plainte et il a pris six mois. Deux fermes. Une condamnation qui le suivra toute sa vie. La fédé l'a suspendu définitivement. Pour l'expulsion du terrain, pas pour la désintégration du môme. Quand je pense qu'à l'époque, ce match, je voulais pas qu'il le joue. Il était en rogne, il avait cassé la gueule à son patron, la veille. Là aussi, macarel. Trois patrons en deux ans ! Ceci dit, quand même, d'après ses dires, l'autre lui devait du fric. D'ailleurs, il n'a jamais porté plainte. Mais bon, on peut régler les bisbilles autrement, quand même. Il est pas né sous une bonne étoile, Thomas Carayol. Ça non, macarel.

Je suis restée silencieuse. Les journaux mentionnaient en partie ses problèmes avec la justice mais les détails fournis à l'instant par Vidal complétaient le tableau. Carayol appartenait plutôt au genre violent.

— Conclusion, vous n'êtes pas surpris qu'il ait tué quelqu'un ?

Sa réponse m'a étonnée :

— Si, quand même. En tout cas pour le voler. C'était pas du tout son style. Une brute, oui, un bandit, non.

— Et s'il s'était disputé avec Yves Renault, suite à des affaires qu'ils auraient eues entre eux ?

— Mouais... Pourquoi pas. Une histoire de pognon à régler, Thomas l'aurait menacé avec le fusil et il aurait tiré accidentellement ? Je sais pas.

J'ai continué l'histoire :

— Run mort, Carayol aurait paniqué. Au point où il en était, il a pensé qu'il aurait besoin de fric et il a tout raflé dans la baraque.

Armand Vidal doutait. Il a poliment admis :

— Peut-être...

Sa réponse me suffisait : le mobile généralement évoqué ne lui convenait pas. J'ai changé de sujet :

— Et sa copine, vous la connaissez ? Vous pensez qu'elle a subi des violences, elle aussi ?

— Schéhérazade ! Oui, je la connais. Elle est douce comme tout. Franchement, ils n'étaient pas tellement assortis, quand même. Mais je ne pense pas qu'il la tapait. À l'époque, on la voyait aux matches, elle paraissait plutôt heureuse. J'espère qu'on le retrouvera, quand même. Je l'aimais bien, Thomas. Il vaut mieux qu'il purge sa peine, ça le fera réfléchir. Là, s'il est aux abois, il risque encore de faire des conneries. Macarel, un meurtre, c'est suffisant.

Vidal m'avait divulgué quelques éléments essentiels. « Quand même » menait 11 à 8 contre « macarel ». « Nous autres » errait en deuxième division. Les règles du rugby demeuraient mystérieuses, pourquoi passer son temps à reculer pour avancer? Malgré tout, l'entretien s'était révélé fructueux. J'en savais un peu plus, en particulier sur les capacités de négociation de Thomas Carayol. Le mobile « rage » me paraissait plus crédible que le mobile « blé ». Conclusion, une fuite improvisée et une probabilité plus forte de revoir le fugitif assez rapidement.

Interrogatoire suivant: Roland Espigue, l'ancien patron de Thomas, un entrepreneur de la vallée, constructeur de baraques. Belle cadence. Avec un peu d'imagination, un burlingue et une bière, j'aurais pu me prendre pour Maigret.

Sa secrétaire m'a reçue, très aimable. J'étais toujours journaliste, j'enquêtais sur Carayol, sur son passé, sur ses difficultés à s'insérer socialement. Une vieille carte de presse faussement vraie ou vraiment fausse, a lubrifié le bobard. La fille m'a proposé un fauteuil et offert *La Dépêche* du jour. En une, on signalait le repêchage de deux nouveaux disparus. Trois manquaient encore à l'appel.

L'accueil du patron s'est révélé plus froid. Mes questions sur ce petit con l'emmerdaient. Espigue a passé son temps à répondre au téléphone, entre deux considérations teigneuses sur Carayol et sur mon job de fouille-merde.

— Un bon à rien. Tous mes Arabes travaillent mieux que cette andouille. Je l'ai gardé un an, on l'a formé, on a passé du temps avec lui, résultat, j'ai dû le virer. Quant à vous, vous me gavez. Chier du papier et attirer l'attention sur les gens qui bossent et qui demandent rien…

Merci mon brave. J'ai malgré tout tenté d'en apprendre un peu plus:

— Et pour quelle raison, vous l'avez viré, Carayol?

Dring!

— Allô ! Ah c'est toi. Alors, t'en es où ? Grouille, faut finir aujourd'hui. À tout à l'heure.

Clac.

— Où on était ? Thomas ? Rien à en tirer, je vous dis. J'espère qu'il prendra perpète.

— Mais, vous lui reprochez quoi, au juste ?

— Tout.

Dring !

— Allô ! Monsieur Rolland ? Oui, on avance. On n'a pas trop de retard. Un mois, c'est beaucoup ? Vous avez vu le temps ?

Dur de mener un interrogatoire dans ces conditions. Espigue m'a jeté après un nouveau coup de fil : un connard d'inspecteur du travail qui voulait s'assurer qu'il traitait bien les bicots sur ses chantiers.

— Toujours mieux que chez eux, de toute façon. Ah là, là, si on supprimait tous les emmerdeurs payés par l'État en France, on serait les rois du monde. Z'ont qu'à aller voir en Chine, les inspecteurs du travail. Ils verront pourquoi ça marche, là-bas. Excusez-moi, mademoiselle, mais j'ai trop de boulot. Le déluge nous a saccagé trois chantiers, on ne s'en sort pas.

Le déluge... Comme à l'époque de Noé, il avait tout emporté. Sauf la connerie. Pour bien me le prouver, Espigue a ajouté :

— Pourvu qu'on l'alpague vite, avant qu'il ne recommence, le Carayol. Et vous, z'avez pas intérêt à baver de travers sur moi ou sur ma boîte, sinon je vous colle un procès. Au revoir, mademoiselle.

En quittant le burlingue, j'ai jeté un coup d'œil à l'intérieur. Espigue était déjà pendu au bigorneau. Il lui fallait vite récupérer les cinq minutes qu'il m'avait consacrées.

J'avais promis à Juan-Manko de visiter la cité de Carcassonne, je suis donc revenue au gîte. Tant pis pour l'instit, de toute façon, délicat de le déranger au milieu de ses petits diables blonds. Pour peu que je l'interrompe en pleine leçon sur l'accord du participe passé avec le verbe avoir, je risquais de gâcher définitivement les savoirs orthographiques de ses bambins. Et inutile de l'entendre me dire que Thomas était un cancre, bagarreur et rebelle, je le savais déjà.

Juste un petit arrêt sur un chantier du sieur Espigue qui, par un hasard sympathique, se trouvait sur ma route. Halte rapide, un vieux maçon nord-africain se coltinait des brouettes de béton. Je l'ai à peine interrompu, pas question de diminuer la productivité de la main-d'œuvre Espigue. Il connaissait Carayol et m'a raconté son départ :

— Madame ! Le patron, il paye souvent en retard. Nous, on peut rien dire, on en a trop besoin. Le petit Thomas, il a pas voulu se laisser faire, ils se sont battus, on l'a plus revu. Je pense pas qu'Espigue l'a payé.

Confirmation des dires du sieur Vidal. Violent, Thomas, mais parfois quelques raisons d'être à cran. Si Run a voulu lui rejouer ce genre de tour de con, évidemment, il ne s'est pas contrôlé. Ça colle, sauf que, se pointer chez son singe fusil à la main ressemblerait plus à un plan réfléchi qu'à un accès de fureur. Et toutes ces belles déductions ne m'indiquent en rien où il crèche.

Chapitre X

La route désormais sèche serpentait entre les collines giboyeuses. Une invite au tourisme béat, plus qu'au coup d'œil dans le rétro. Et donc, je n'ai pas vu la bagnole de sport se rapprocher. Un cabriolet noir, estampillé bavarois. De toute façon, vu la différence de cylindrée, même si je l'avais aperçue, je ne l'aurais pas larguée. La Fangio team m'a doublée, a roulé quelques mètres à mes côtés et s'est rabattue brusquement vers la droite, m'obligeant à piler et à me ranger.

Deux hommes se sont extirpés du cabriolet. Le premier arborait une cagoule pointue sur la tronche, genre anniversaire du Ku Klux Klan. Flingue lourd dans la menotte, style mission au concert de Gospel pour la même vénérable institution. Le second avait revêtu le costume folklorique corse, version conférence de presse. J'ai rapidement pigé que les deux pantins voulaient me causer. Je suis descendue de peur qu'ils ne me descendent.

Les types ont été relativement concis. Le Corse m'a retourné contre ma voiture, m'a saisi le bras et l'a remonté derrière mon dos. Jusqu'au premier cri de douleur. L'autre a insinué le canon de son revolver entre mes jambes. Sans me déshabiller au demeurant. Un gentleman, en quelque sorte. Il a remonté le cylindre noir jusqu'à la jonction de mes deux membres et a poussé brutalement vers le haut. À l'endroit où se loge le plaisir. Ou la douleur. Ange-Doumé a évoqué les raisons de leur présence :

— Bon, ma mignonne, qui que tu sois, t'es priée d'arrêter de fouiner. Sinon, on pourrait bien te faire un petit trou en plus. Si t'en réchappes, t'auras les parties génitales de la taille du tunnel du Puymorens. Autant dire qu'elles serviront plus. Mais avant, moi et mes potes, on prendra soin de les utiliser, histoire de te laisser sur un bon souvenir. Bien sûr, pas la peine de parler de tout ça à des flics.

Aucun moyen de s'échapper. Et résister eut été une excellente idée pour les transformer en tueurs. Alors, j'ai fermé ma gueule.

Sur sa tirade, le type a ouvert ma portière, pris les clés sur le contact et les a balancées dans la garrigue. À une trentaine de mètres en contrebas de la route, au milieu d'une végétation d'épineux rugueux et obstinés. L'enflure qui me laminait le sexe avec son colt a relâché la pression, le tchatcheur a jeté au hasard « T'as compris ? » et ils sont repartis sans attendre la réponse, en laissant derrière leurs roues deux traces de goudron en fusion. La plaque arrière du véhicule était illisible, au cas où une détective d'élite aurait eu la lucidité de la lire.

Une fois seule, je me suis assise au volant. Soulagée mais légèrement angoissée. Une petite suée a envahi mes tempes et le dos. J'ai inspiré calmement, régulièrement, le temps d'oublier l'image de mes entrailles déchiquetées et de ralentir mon rythme cardiaque. Après deux ou trois minutes, mes neurones ont repris les commandes. Qui pouvait bien avoir envoyé ces types ? Et dans quel but voulaient-ils m'empêcher de bosser ? Pour l'instant, mystère.

Je n'avais plus qu'à rentrer. Le fada avait balancé mes clés à perpète. Inutile de m'y aventurer, d'autant que Phil m'avait appris la technique pour démarrer une voiture. Malgré le nombre de fils impressionnant sous le tableau de bord, j'ai réussi à repartir après quelques minutes de bidouillage.

Juan-Manko m'attendait. Attablé devant une recette de survie. Un petit baiser avant de remarquer ma mine déconfite et de s'enquérir :

— Qu'est-ce qui t'arrive ?

Je lui ai narré mon entretien avec les nervis de l'entente KKK-FLNC. Et mon ignorance totale quant au pedigree de leur employeur. Juan-Manko a conclu que mon job n'était peut-être pas aussi peinard qu'il le pensait puis a ajouté qu'il faudrait se méfier de tout le monde. Enfin, il a déclaré :

— Une bonne petite bouffe pour se remettre. Dommage, yé manque d'ingrédients pour cuisiner. Ce serait sympa de compléter un peu les réserves.

— Je m'en occupe. Je passerai au supermarché. Ils ont probablement été livrés. Je trouverai pas de caviar mais sûrement de bonnes recettes locales. Un petit confit de canard accompagné de pommes de terre sautées persillées arrosé de Bordeaux. La preuve indiscutable qu'on est au pays de la bouffe.

— Yé té fais confiance. Au fait, toujours pas de nouvelles de l'aéroport ?

— Non. Je les appellerai. On ira à Carcassonne, cet après-midi.

— Faudrait que j'achète un pyjama.

— Surtout pas. Le tien te va comme un gant. On achètera simplement des fringues chaudes et une brosse à dents.

On a bouffé en vitesse. Effectivement, pas de quoi s'extasier. J'ignorais combien de temps on resterait dans le secteur, mais il n'était pas envisageable de prolonger ce régime alimentaire. J'ai rappelé la promesse du banquet pour le soir, avant que l'Inca ne déclenche une mutinerie :

— Le confit avant le conflit. Promis.

Tant que je n'avais pas la moindre piste, je devais tuer le temps à comprendre ce qui s'était passé. J'avais loué pour une semaine à Frau Schmidt. On resterait plus, s'il le fallait. J'imaginais qu'il n'y aurait guère de concurrence à cette saison pour s'approprier le gîte et pour jouer les prolongations. Par contre, la prudence serait indispensable. Je ne tenais pas à croiser les cagoulés. La terreur estompée, je me suis mise à cogiter sur cette aventure. Pour une raison que j'ignorais, des gens voulaient que j'arrête mon enquête. Des complices de Carayol ? L'hypothèse tenait la route. Elle signifiait que l'affaire était peut-être plus compliquée que prévue. Un élément m'ennuyait, cependant et mettait cette idée en déroute : comment auraient-ils eu vent de ma présence dans le coin. Et d'ailleurs, qui en avait eu vent ? La liste s'est inscrite mentalement dans mon cerveau. Elle a été vite close : Hubert, madame Run et ses deux garçons. Frau Schmidt également : je lui avais avoué les raisons de ma venue afin de la convaincre dc me louer son havre. Je voyais mal mon donneur d'ordre m'empêcher de bosser. Sa famille, pourquoi pas. Dès mon retour à Paris, j'irai les cuisiner. Frau Schmidt, elle, n'avait a priori aucun lien avec le crime. A priori… Une autre liste s'est immiscée, en caractères plus discrets : Schéhérazade, Vidal et Espigue, les régionaux de l'étape. Ceux-là, leur mobile éventuel m'échappait totalement.

Juan-Manko m'a suggéré de m'entretenir à nouveau avec Schéhérazade. Lui, naturellement, ne la sentait pas complice de mes agresseurs. Par contre, elle possédait peut-être un carnet d'adresses ayant appartenu à Thomas. Le genre d'info essentielle. Le b.a-ba.

— Tu me perturbes, Viracocha. J'aurais dû commencer par là. Mais attention, j'irai seule chez la petite. Pas question que tu me l'émoustilles de tes yeux de puma. Elle est encore trop fragile, elle craint le soleil. Et puis, si c'est elle qui m'envoyé l'escadron de la mort, je sens que tu trouveras un moyen de la défendre.

— Pétasse.

— Nom fém. Fam.

— *Disculpe* ! Chez moi, on dit que la lune est plus forte que le soleil car elle peut briller tout le temps. C'est plutôt moi qui devrais craindre.

La compagnie aérienne a téléphoné avant le dessert. Le pyjama de Juan-Manko arrivait de Caracas. Changement de programme.

— Je te prête la voiture, j'ai du boulot. Je vais une nouvelle fois visiter la maison de Run, pour essayer d'y dégotter d'autres traces. Elle n'est pas loin, l'exercice au grand air me ravigotera et seule, je serai plus concentrée. Accessoirement, je ramènerai un peu de piquette millésimée. Tu te débrouilleras ?

— Pas de problème. J'ai juste besoin d'une carte routière. Tou ne veux vraiment pas que je m'arrête chez la jolie mademoiselle Ghali pour quérir le carnet d'adresses de Thomas ?

— Hors de question. Tu te contenteras des souvenirs d'esquisses.

Il faut que je l'occupe, l'Indien, sinon il me mettra la gente féminine régionale en émoi. J'ai pris une décision que j'ai immédiatement exprimée :

— On visitera Carcassonne demain. Et comme je prétends être une guide à la hauteur, ce soir, je réviserai mes connaissances sur les Cathares, illustres habitants de ce lieu extraordinaire. J'ai de la chance, il y a quelques bouquins sur le sujet dans un buffet, ici. Tu sais que les Cathares étaient de pseudos adorateurs du soleil, eux aussi ? Enfin, selon des charlatans mystiques d'aujourd'hui qui prétendent éloigner le peuple du rationalisme.

— Remarque, c'était assez logique, vu l'état de la science d'alors, de vénérer le Soleil, l'astre le plus visible et le plus influent. Mais dis-moi, ils ont été bousillés au nom de la Sainte Croix, non ?

— Eh oui. Un classique. Les mêmes causes produisent les mêmes effets. Pouvoir et religion avancent main dans la main et ne supportent pas la moindre contestation. Le pouvoir s'appuie sur le divin pour se justifier et la religion, qui tire ses moyens de subsistance du pouvoir, lui file un petit coup de main de temps en temps.

Juan-Manko est parti à l'aéroport, tandis que je me rendais à pied vers la propriété de Run. Non sans avoir observé attentivement les alentours à la recherche de paire d'yeux planqués derrière des cagoules tendance.

Les chemins commençaient à sécher. J'ai opté pour un détour au bord de la rivière afin de remonter le cours. L'Orbieu coulait encore au-delà de ses us et demeurait toujours aussi opaque. Il sinuait entre des rochers d'où les gamins du coin plongeaient en été. Le paradis, aux beaux jours. Un peu moins après le déluge. Les berges étaient parsemées de détritus, reliques des inondations. Un défilé étroit a interrompu ma progression : les falaises contraignaient le promeneur à entrer dans le courant ou à abandonner l'aventure. J'ai abandonné et regagné les hauteurs en direction du mas du dessinateur.

En m'éloignant du cours d'eau, j'ai atteint une petite clairière et découvert le lopin de Thomas. Seuls, quelques choux parvenaient à conserver leur alignement. Les autres parcelles avaient été bouleversées par le passage des eaux. Au fond, la cabane de Carayol, la porte en partie arrachée, défiait les lois de l'équilibre. La construction sommaire, en planches de récupération, n'était guère conçue pour résister à un orage aussi violent et luttait à présent contre la pesanteur. À l'intérieur, l'attirail complet du jardinier : bêches, binettes, faux, outils divers. Sur une des cloisons trônait le matériel de chasse de Thomas : cartouchière, treillis militaire, et un vieux fusil déposé sur deux gros clous. Au-dessus de l'arme, deux autres pointes de dimension comparable servaient de support à une autre pétoire. Absente. Probablement l'arme du crime. Une boîte de munitions trônait sous l'établi, ouverte et à moitié pleine. J'imaginais la chronologie du meurtre. Thomas était descendu prendre son fusil, s'était muni d'une réserve de cartouches puis était reparti vers le mas de Renault et l'avait abattu. La question de la préméditation demeurait : s'étaient-ils engueulés avant, Carayol hors de lui, se serait alors rendu dans sa cabane et serait remonté pour dézinguer Run ou bien, au contraire, il se serait armé au préalable afin de menacer l'artiste. L'autre ne cédant pas, Thomas l'aurait déquillé avant de se barrer. Sauf si l'histoire était nettement plus alambiquée : Carayol ne serait que le comparse d'une bande en cagoule, il avait exécuté un contrat, froidement, sans haine.

Impossible de répondre. Seul le meurtrier savait. Et le mort. Unique certitude à l'heure actuelle, un seul d'entre eux serait en mesure de nous éclairer. Bien, Lily, les progrès de ton enquête sont patents. Pas tant... Je me suis éloignée du jardin afin de gagner la chaumière d'Yves.

Les scellés n'avaient pas bougé, l'itinéraire par le grenier demeurait le seul possible. Visiblement, personne n'était entré depuis ma dernière visite. Les outils de forgeron ornaient toujours les murs et les abords de la cheminée. De vieux ustensiles désuets dont l'homme moderne oubliait peu à peu l'usage. La maison n'a rien livré. Un ordre régnait, impeccable. Seul le sang séché attestait du drame récent.

Apparemment, il n'y avait pas eu de lutte. Thomas avait descendu son patron de sang-froid.

Les artistes avaient rangé une foule de dessins, sur les rayons d'un placard. Pierron, leur héros, dans toutes les positions. Les travaux d'apprentissage de l'élève, datés et annotés par le maître : nez trop long, doigts trop épais, erreur de proportion... Tout un ensemble de corrections qui devenaient plus discrètes, au fil du temps. Carayol avait mémorisé le personnage et le reproduisait de plus en plus fidèlement. Après cette période, Run l'avait jugé apte à le suppléer. Un dernier carton était garni des ultimes dessins de Thomas pour le nouvel album. L'œuvre était avancée, à un stade propice à la négociation.

La cave m'a offert deux nouvelles bouteilles de rouge. Les dernières, je me suis dit, après, ça se verra. J'allais repartir lorsque j'ai entendu un bruit de voiture. J'ai couru me planquer sous un lit et j'ai attendu. Le temps d'inventer une fable pour légitimer ma présence. Fable peu crédible, voire inutile, en particulier si c'était mes potes encapuchonnés qui venaient prendre des nouvelles de ma santé.

Légèrement angoissée, Lily. Seule sous ce lit, si d'aventure la situation se prolongeait, je ne disposais pour survivre que d'un litre et demi de Saint-Estèphe. Du 82 cette fois. Sans tire-bouchon. Dieu soit sous-loué, une dizaine de minutes plus tard, la bagnole est repartie, nul gêneur ne s'était présenté dans l'habitation. Je suis ressortie sans traîner, pas la peine de prendre de risques inutiles. En gagnant l'extérieur, j'ai constaté que le canasson bouffait. Schéhérazade était passée lui filer sa ration de foin.

C'est en arrivant au gîte que mon portable a sonné. Juan-Manko. Il galérait sans doute pour récupérer son pyjama. Plus que je ne l'imaginais :

— Allô. C'est moi. Juan-Manko. J'ai pas beaucoup de temps. Je t'appelle dou poutain de centre de rétention de Blagnac. Avec un portable prêté par un codétenou. Heureusement que je me souviens de ton numéro. J'ai eu une grosse mésaventure sur la route : les types qui t'ont agressée... Deux, avec des cagoules. Ils ressemblent à ceux que tu m'as décrits. Et ben, ils m'ont alpagué pareil. Mais moi, ils m'ont cassé la gueule. J'ai le pif en guacamole. Arrivé au parking de l'aéroport de Carcassonne, le klebs d'un vigile a dû flairer le sang. Il a aboyé, ensuite le gars s'est approché et a vu les fils qui pendaient sous le tableau de bord de ta caisse. Au lieu de me demander si j'avais besoin d'aide, vu ma gueule en sang, il m'a fouillé et a trouvé des feuilles de coca. Il a appelé les flics, bref, je te passe les détails. J'avais pas de papiers, mais j'ai coopéré, enfin il me semble. J'ai donné mon nom et comme je dois encore être fiché suite à mon dernier séjour, ils m'ont transféré ici. Ils veulent m'expulser. Ta bagnole est toujours à l'aéroport de Carcassonne, mes bagages aussi, à la police. Et moi, dans moins de deux heures, je vole vers Paris et dans les deux jours, je dors à la maison. Procédure d'expulsion immédiate, je t'expliquerai. Il paraît qu'en plous de la coca, je les ai insultés.

— J'arrive.

— Dépêche-toi, je pense pas qu'ils me gardent longtemps ici. Impossible de causer à un « hijo de puta » de responsable, personne ne décide, c'est le bordel dans ton pays. Prends mes papiers.

Le ton était désespéré. La trouille d'être jeté dans un zinc avant de me revoir.

— J'arrive. J'appelle un taxi. Essaie de simuler un malaise, dis-leur que t'as la turista, demande un avocat, je sais pas, moi. Gagne du temps.

Le taxi a mis trois quarts d'heure pour arriver, encore trois quarts d'heure pour me conduire sur le parking de Salvaza: à l'approche de l'aérodrome, le véhicule s'est trouvé ralenti par une série infinie de giratoires. Ces ronds-points enherbés avaient essaimé dans cette zone, comme partout dans le monde motorisé. De quoi s'inquiéter: cet ensemble de véhicules tourbillonnant ne risquait-il pas de créer un vent artificiel et de modifier la rotation de la terre ? Heureusement, l'homme est sage et a conçu les pays anglophones qui virent à l'envers. L'équilibre est ainsi conservé.

Dix minutes à chercher ma caisse, dix de plus pour l'ouvrir sans les clés, et en prime une discussion avec un vigile payé pour empêcher les effractions. Peut-être celui qui avait chopé Juan-Manko. Devant la carte grise, le type a finalement admis que c'était mon propre véhicule. Il m'a suggéré d'utiliser une méthode plus propre pour ouvrir, une clé par exemple, je l'ai viré. À la tombée de la nuit je me trouvais enfin devant le centre de rétention de Blagnac. Le palace construit pour les étrangers en voie d'expulsion. Une bâtisse récente, à proximité de l'aéroport, l'ancienne avait paraît-il, brûlé. Dans le hall d'entrée, un type en uniforme a daigné me reluquer et me tendre les feuilles des procès-verbaux.

— Insulte à agent.

— Il ne parle pas bien le français, il ne connaît pas les nuances.

— Nous si. Vous voulez des détails sur le vocabulaire employé ? Je m'appelle José Molina et quand j'entends « hijo de puta », je traduis sans difficulté. Il l'a utilisé plusieurs fois ainsi que d'autres qualificatifs injurieux. Plus détention de substances illicites, pas de papiers. Connu de nos services. Décision du préfet, reconduite immédiate dans son pays d'origine. Il est en partance pour Paris, correspondance pour Lima prévue dans la journée de demain, le temps de régler deux ou trois broutilles. Il pourra contester de chez lui, s'il le désire.

— Il est visible ?

— Normalement, non. Par contre, il a droit à un avocat. Il en verra un à Paris.

— Justement, je suis avocate et il m'a demandé de l'assister.

— Carte du barreau, s'il vous plaît.

— Je suis en vacances, je me suis dépêchée.

Le flic a hoché la tête. Des mimiques plus explicites qu'un long discours : « C'est interdit, mais je vous accorde le passage. » Et une mise en garde orale :

— Exceptionnellement, je vous autorise à lui parler. En échange, pas d'incartade à l'intérieur.

Il a appelé par l'interphone afin qu'on conduise également Juan-Manko dans la pièce aménagée en parloir.

Il m'est apparu moins anxieux que lors de son appel. Malgré une cloison nasale entrée en dissidence avec le fil à plomb et un œil à moitié clos, environné de teintes impressionnistes. Décidément, dans le domaine de la pigmentation, Juan-Manko cultive sa singularité par tous les moyens.

— Désolé. J'ai fait le con.

— T'inquiète. Si on se démerde, dans deux jours, t'es libre.

— Non. Yé risqué la taule ici, à cause des feuilles de coca. Ils prétendent aussi que yé les ai insultés. En plous, biba la informatica, y'apparais sour des listes d'emmerdeurs potentiels. Yé souppose qué ces fichiers né sont jamais mis à jour, donc il reste des traces dé mes activités politiques. Pas terroriste, mais dangereux pour l'ordre public. L'enculé dé flic, vulg. *yo soy*, m'a proposé un deal. Y'accepte l'expoulssionn, pas de poursuite ici et on n'en parlé plous. Sinon, qué des emmerdes. Même si y'en prends pour trois mois, yé vais perdre mon boulot au Pérou. Yé pensé qué s'il t'a laissée me parler aussi facilement, c'est pour qué yé t'explique tout ça. Aucun intérêt à contester. Par contre, après, ça sera pas facile dé révénir en France. On sé verra en Belgique. *Disculpe* por les vacances ratées. Il nous restera ces trois derniers jours en mémoire.

Le stress exagère l'accent. L'Indien m'échappe, à peine arrivé. Le froid va envahir mes lits. Et comme seul espoir, un rencard au Pérou, dans je ne sais combien de temps. Pratique. À l'heure de la mondialisation, l'amour demeure la dernière denrée qui n'a pas aboli les distances. Putain, interj. fam., moi qui croyais toucher au nirvana. Pas possible, d'abdiquer si vite.

— Tu déconnes. On peut s'en sortir. Je connais des avocats.

— No, Lily, ça m'aidera pas, au contraire. Y'ai un groupe de touristes à encadrer dès mon retour à Lima. Si yé n'y souis pas, yé mé fais jeter. Tou connais les lois sociales dé mon pays. Et le taux de chômage. Viens au Pérou dès qué tou peux. Madre de dios, y'aurais même pas ou lé temps d'ouvrir mes bagages.

Dernier baiser avant décollage. Étreinte courte mais intense. L'expression « bonheur fugace » appartient définitivement à la catégorie des pléonasmes.

Le flic nous a signifié que l'entretien avait assez duré. Viracocha pouvait repartir vers les cieux et moi dans les ténèbres languedociennes. Je quittais un Indien aux nuances délicieusement hâlées pour un lit vide.

Chapitre XI

Il est plutôt rare que je sois éveillée au chant du coq. Les habitants du quatorzième ont perdu cette délicieuse habitude et nombreux en conçoivent une nostalgie légitime. J'appartiens à cette catégorie. Pourtant, le coq qui m'a tirée du lit ce matin-là, je lui aurais bien intimé de clore sa carrière de troubadour. S'il eût été à portée de couteau, l'ignoble gallinacé qui osait me ramener chez les vivants, eût probablement fait la connaissance d'un hachis d'échalote pour agrémenter mon déjeuner.

Gueule de bois, malgré une abstinence totale la veille. Gueule de bois et rideau de fer au milieu de ma route. J'avais connu une bonne petite dépression, naguère*. Le turbin m'avait aidée, à cette époque. Pas rancunier, vu le mal que je pense de lui. J'ai ressorti l'ordonnance et en prime l'idée que l'aventure Juan-Manko était simplement reportée à une date ultérieure. De quoi conserver un soupçon de moral. De toute façon, il resterait injoignable durant au moins quarante-huit heures, le temps du voyage.

Première étape : récupérer le ou les carnets d'adresses de Thomas. En évitant toujours les sbires à cagoule. Sonder

* Voir *Mistral cinglant*

Schéhérazade à ce sujet, également. Quoique, elle non plus, je ne la sens pas.

La jeune fille vaquait dans sa bicoque. Au bord de la neurasthénie. Polarisée sur l'absence de son copain et sur son avenir qui plongeait dans les abîmes de la détresse. Pas le style à sous-traiter un chapelet de menaces musclées à deux gorilles de bal masqué. Je l'ai disculpée d'emblée et me suis consacrée aux carnets d'adresses de Thomas. Elle me les a cédés aisément, tout en me précisant :

— La police m'avait emprunté le gris, là. Et en fouillant, j'en ai retrouvé un autre dans la poche d'un blouson de Thomas. Celui-là, vous serez la première à le voir.

Toujours agréable de passer avant la Rousse. Gentille, cette petite. Malgré deux réflexions qui n'ont pas manqué d'élargir mes plaies. Une première fois, dès mon arrivée, en s'inquiétant de ne pas découvrir Juan-Manko dans mon sillage et une seconde, lorsque j'ai pris congé, en insistant :

— Il a vraiment des yeux extraordinaires, votre ami. On ne les oublie pas.

Entre-temps, j'ai reluqué les carnets d'adresses de son copain. La majorité de ses connaissances habitaient la région mais a priori, pas dans des turnes adaptées à la mise au vert. Un nom bizarre a attiré mon attention. Pêché dans le second répertoire, celui que les flics n'avaient point encore exploré : A. Kocsis, créchant à Pécs en Hongrie. Ensuite, j'ai opéré une petite perquise dans son appart. Une fouille douce, mais appliquée, complétée par une observation sérieuse et discrète de sa boîte aux lettres électronique. Peut-être s'y planquait-il une personne susceptible de lui offrir gîte et couvert. Schéhérazade m'a autorisée à consulter ses messages. Les flics avaient certainement déjà effectué ce boulot, mais, je les connaissais, les argousins. La psychologie n'est pas intégrée à leurs méthodes. Tandis que Lily…

Carayol n'avait pas une correspondance très importante. Une cinquantaine de mails, depuis trois mois. J'avais décidé de me limiter à cette période. Si je n'en tirais rien de palpitant, j'explorerais alors des époques plus anciennes. Exclus d'entrée, un tiers de sollicitations commerciales, pubs déguisées pour accroître de façon irraisonnée la taille de son pénis ou pour acquérir une Rolex à un prix très concurrentiel. Apparemment, Thomas n'était pas convaincu, il n'avait pas répondu. Ou bien, il était déjà pourvu. Les autres messages, des potes, essentiellement. Qui s'adressaient à lui dans un langage distant. Des connaissances, pas des intimes. Si Carayol était en cheville avec les chaperons multi-tâches, il évitait les échanges électroniques. Deux mails se sont malgré tout distingués dans la masse des courriers sans intérêt.

Le premier provenait d'une adresse repérée dans le carnet. Une adresse originale, étrangère : Attila.Kocsis@ je sais plus. Attila ! Un prénom prédisposé pour un ami de Thomas. Qui se ressemble s'assemble.

— Schéhérazade, Attila Kocsis, ça vous parle ?

— Oui. C'est un copain de Thomas. Un Hongrois. Un gars qu'il a connu au service.

Le service ? Je croyais que ce vocable n'existait plus que dans l'imagerie populaire. Que les mots « classes », « quille », « colon », « garde », « bleubite », « cigarettes troupes » se morfondaient dans leur fraîche obsolescence.

Schéhérazade Ghali m'a affranchie. Thomas appartenait à une des ultimes classes concernées par le Service National. À cette occasion, il avait participé à des manœuvres conjointes avec différents pays européens. Dont la Hongrie. Carayol et le jeune Magyar, croisé à cette occasion, avaient gardé des contacts. Le gars parlait un peu français et s'appelait Attila, un prénom courant, là-bas. Rien à voir avec son ancêtre désherbant total.

— Ils étaient très liés ?

— Non, mais ils communiquaient régulièrement par mail. Thomas projetait un voyage en Hongrie. Un voyage de noces, par exemple. C'est foutu.

— Vous pensez qu'il a pu se réfugier chez lui ?

— Pourquoi pas. C'est idéal pour se faire oublier quelque temps. Mais pour y survivre, c'est pas pareil. Il ne parle pas un mot de hongrois.

— C'est une hypothèse, rien de plus. Les flics l'ont épluchée, cette bécane ?

— Non, suite à l'orage, l'électricité était coupée. Par contre, ils ont pris le carnet d'adresses gris et l'ont photocopié à la gendarmerie. Ils me l'ont ramené le lendemain. Ils ont averti qu'ils reviendraient pour fouiller dans l'ordinateur.

Je disposais d'une info intéressante. Seule. Réflexe, la garder pour soi et éviter qu'autrui ne s'en empare. Toute la correspondance liée à Attila Kocsis a giclé dans les oubliettes de la bécane. Naturellement, des traces subsisteraient sur le disque dur, mais les flics iraient-ils jusque-là ? Peut-être pas. Au-delà de cette petite magouille, le secret impliquait deux démarches complémentaires : dans un premier temps, le répertoire papier de Carayol a été allégé de la page des « K », comme Kocsis. Pas méchant, c'était le seul blaze commençant par K parmi ses relations. Après recopiage, le papelard a rejoint ses cousins moins nobles dans le tout-à-l'égout. Ensuite, j'ai sollicité Schéhérazade.

— Schéhérazade, si les flics reviennent, inutile de leur mettre la puce à l'oreille à propos de son pote hongrois. Ni de mes visites, d'ailleurs. N'en parlez ni aux flics, ni à personne. D'accord ?

Elle n'a pas refusé. Au départ, elle aurait préféré que les perdreaux chopent Thomas assez rapidement. Elle se serait alors consacrée à sa défense. Désormais, elle avait réfléchi et elle hésitait. Aussi désirait-elle lui parler afin de comprendre. Avant que la justice ne s'en mêle.

J'avais flashé sur un second courrier, à cause d'un patronyme :

— Autre chose, Martin Renault, qui est-ce ?

— Martin ? Le fils de Run. À une époque, il venait de temps en temps.

— L'aîné ou le plus jeune ?

— Le plus jeune.

— Thomas et lui étaient amis ?

— Non. Simplement, il leur est arrivé d'aller à la pêche ou à la chasse ensemble. Une ou deux fois, pas plus. Thomas lui a montré les coins. Ils ne se voyaient plus beaucoup ces dernières années.

Pas alléchante, la conjecture Martin Renault : j'imaginais mal un assassin se planquer chez le fils de sa victime.

Le téléphone a sonné. Je me suis écartée par discrétion, aussi loin que possible dans un deux-pièces. La piaule conjugale m'a accueillie. J'ai fouiné un peu, sans conviction. Les armoires étaient toujours emplies des nippes de Thomas. Des fringues classiques, Carayol ne jouait pas au jeune premier à la sortie des boîtes. Trois paires de baskets, des pompes qui auraient pu abriter trois fois mes panards, le jardinier était un costaud. Rien dans l'armoire, rien dans la table de nuit. Pas d'indice supplémentaire. Et seul résultat de ma virée : le fil des eaux du beau Danube bleu comme nouvelle piste. Mince.

Lorsque je suis revenue dans le salon, Schéhérazade venait de raccrocher le téléphone. Elle pleurait. Je l'avais trouvée un peu plus détendue en arrivant. La brève embellie s'était interrompue. Le caractère cyclothymique de la dépression. À moins que le coup de fil ne l'ait avertie d'un nouveau drame. J'ai immédiatement songé que la jeune fille allait m'annoncer le suicide de Thomas dans une grotte des environs. Un scénario ordinaire, une conclusion usuelle. Et puis, pour moi, une catastrophe par jour, j'étais dans un bon rythme.

— C'était ma mère. Elle vient d'acheter le journal. Ils ont retrouvé un disparu suite aux inondations.

— Un de vos proches ?

Schéhérazade ne parvenait pas à articuler, dans son flot de sanglots.

— Thomas ?

Elle a secoué la tête.

— Non. Un inconnu, ils ne donnent pas son nom. Mais on l'a retrouvé dans la voiture de Thomas. Il a été tué de plusieurs balles dans la tête. La police pense que Thomas a voulu changer de véhicule pour brouiller les pistes. Ou bien qu'il est tombé en panne, qu'il a arrêté quelqu'un pour prendre sa voiture et qu'il l'a tué. Pas de témoin gênant. Cette fois, il est bon pour vingt ans de prison.

Rien à dire pour la consoler. Vingt ans au bas mot, pourquoi pas perpète et une bonne peine de sûreté pour agrémenter le tout. Quand il sortira, s'il sort, Schéhérazade sera une femme mûre. Le meilleur conseil à lui donner, c'est de l'oublier. Je ne le ferai pas ce soir, mais une autre fois, quand le choc sera passé.

Je l'ai serrée dans mes bras. J'ai tenté une diversion, pour ramener un peu d'espoir :

— Ils ont des preuves, les flics ?

— Oui. La balle sort du fusil de Thomas. Les balles.

Thomas s'était envolé dans un délire criminel. Ce soir-là, il aurait dézingué tous ceux qui se seraient dressés sur sa route. Dur de penser qu'on a partagé sa vie avec ce genre de mec, dur de constater qu'on n'a pas réussi à détruire sa violence. Elle a forcément un sentiment de culpabilité. Invivable. Et le voisinage va accroître sa méfiance. Pour dégotter un taf, il lui faudra dénicher un patron analphabète et sourd. Une denrée rare dans le coin.

Les flics détenaient désormais un embryon de piste. Dix jours qu'ils recherchaient le véhicule de Carayol sans succès. Malgré les moyens à leur disposition ! Surveillance des parkings d'aéroport ou de gare, bandes vidéos disséquées, toutes les bagnoles suspectes signalées… Mais le fuyard les avait doublés en troquant son véhicule. Du bord de la route, Thomas avait facilement arrêté le premier quidam. Par cette nuit de cataclysme, le type n'avait pas hésité à se porter au secours de cette silhouette trempée qui tendait les bras sur le bas-côté. Mortelle initiative. Thomas l'avait liquidé, déposé dans sa propre voiture et avait poussé l'ensemble dans les flots furieux. Puis barboté la tire du malheureux. Et moi qui commençais à le défendre, ce salaud. Run l'exploitait sans vergogne, j'en étais arrivée à l'excuser. Mais maintenant, le meurtre au hasard d'un gars assez généreux pour lui filer un coup de main ! Dégueulasse.

Chapitre XII

J'ai acheté *La Dépêche* avant de retourner au gîte. Les infos livrées par Schéhérazade y étaient détaillées. Trois gros titres en une, d'importance variable selon les préoccupations de chacun : « Carayol, serial killer ? », « Toujours trois disparus suite aux inondations », « Lézignan XIII – Pia reporté pour cause de terrain impraticable ».

Par quoi commencé-je ? Par rien, mon portable a sonné. Et les nouvelles que l'interlocuteur m'a assénées, m'ont incitée à archiver le quotidien.

Hubert Renault m'appelait. Pour apprécier l'état d'avancement de mon enquête et me refiler un tuyau d'une section appréciable. À côté, le gazoduc de Sibérie eût fait figure de capillaire.

— La police a retrouvé la trace de Carayol. Il a pris un avion pour la Hongrie.

Sourire franc, on n'est pas en vidéo conférence et surprise appuyée dans ma réponse :

— En Hongrie ? D'où ils tiennent l'info ?

— Des listings des passagers envoyés par les aéroports. Il s'est rendu dès le soir du crime à Barcelone et a pris un avion pour Budapest le lendemain. En ma qualité de parent de la victime, les flics me tiennent au courant assez précisément des évolutions de leurs recherches. Au début, vu qu'aucune caméra d'autoroute ou de douane n'avait repéré sa voiture, la police avait récupéré les listes de passagers de tous les aéroports internationaux français et exclu la possibilité d'un départ depuis l'étranger.

Les flics bossaient dur depuis dix jours. Les compagnies aériennes les y aidaient ainsi que les caméras des péages d'autoroute. Ces dernières n'avaient pas permis de repérer la bagnole de Thomas, et pour cause, elle gisait au fond de l'eau. Dès qu'ils avaient appris le transfert de véhicule, les poulets avaient élargi leurs investigations : le fuyard avait éventuellement traversé une frontière et gagné un aéroport proche. Première cible, géographiquement très bien située par rapport aux Corbières : Barcelone. Banco, trente-six fois la mise : Iberia stockait en magasin un billet acheté le lendemain du meurtre par Thomas Carayol. Un sésame pour un vol de Barcelone à Budapest. D'autre part, preuve supplémentaire de son passage vers l'Espagne, un chèque lâché par le fuyard, en France, un peu avant la frontière, dans un restaurant du Boulou. Un bon restaurant. L'enflure s'était payé la cloche avant de déguerpir.

— Pourquoi la Hongrie ? On a une hypothèse ?

— Aucune.

Quelques heures d'avance, Miss Lily. Guère de temps pour fouiner. Dès qu'un flic pas banal pensera à torturer le disque dur de l'ordinateur de Thomas, ce sera foutu : grâce à Interpol, ils vont cravater Attila illico. Donc, je dois les devancer et rendre visite au bon Attila qui héberge éventuellement son ami double meurtrier. Recherche sympathique en perspective d'autant qu'elle me permettrait d'oublier momentanément Juan-Manko.

Hier dans les bras d'un Inca, demain au centre de l'Empire austro-hongrois. Sur mon champ d'investigation, le soleil ne se couche plus. J'ai signifié à Hubert que je partais. Il a objecté :

— Où ? En Hongrie ! Vous allez chercher quoi là-bas ? C'est plus grand que Monaco !

Il n'a pas ajouté « je ne vous paye pas pour jouer les touristes ». J'ai hésité un instant. Balancer mon info, j'avais pas trop envie. Un secret partagé n'est plus un secret. Deux personnes au courant, et la confidentialité serait levée aussi sûrement que si j'avais placardé l'adresse d'Attila sur les abribus parisiens. C'est une loi. Incompréhensible mais incontournable. Et plus on martèle à son confident « surtout, ne le répète pas », plus on a de chances d'assister à la divulgation du secret. Pourtant, l'autre renâclait à juste titre. J'ai craché le morceau en contrôlant sa trajectoire :

— Maintenant que vous m'en parlez, il me semble que la compagne de Thomas a évoqué un camarade hongrois parmi ses connaissances. J'avais commencé par fouiner parmi ses relations françaises, ça change tout. Il est indispensable de gratter dans cette direction. Je me procure les coordonnées de ce type et je le joins par téléphone. Si j'échoue, je pars sur place.

Hubert Renault s'est rendu à mon avis. En souhaitant qu'on garde une longueur d'avance sur les condés.

Les éléments pompés dans le répertoire de Carayol ne comportaient pas de numéro de téléphone. Juste un nom de rue, et la ville. Les renseignements internationaux n'ont pas été en mesure de m'en dire plus. Le sieur Attila Kocsis, de Ifjùmunkàs utca à Pécs, Magyarorszàg, n'avait pas le téléphone. Ou il souhaitait demeurer anonyme. Ou il créchait ailleurs, à moins qu'il ne soit décédé. Rayez la mention inutile.

Coup d'œil sur la carte d'Europe achetée au tabac, presse, librairie, barres chocolatées, jeux de hasard de Lagrasse. Pécs se situe à deux cents bornes de Budapest, au Sud, vers la Yougoslavie. Vers la Croatie, je vous demande pardon de causer comme une ex-titiste.

Première fois qu'une enquête me mène au-delà des frontières. Faudra que je m'habitue, la trahison conjugale s'internationalise. Les détectives aussi, vont toucher des paluches la mondialisation. La filature cantonale est désuète. L'enquête de voisinage, qui ne nécessitait qu'une bonne paire de grolles, se mue en investigation planétaire. Plus question de raisonner franco-français. L'Europe de Maastricht a aboli les frontières, le détective devra s'adapter. L'avion va devenir routine, les bas de contention vont intégrer ma panoplie.

Pas mécontente de quitter les Corbières et surtout les elfes à cagoules qui les hantent. Toujours aucune idée sur leur identité. Il est vrai qu'ils mettent le paquet pour conserver l'anonymat. L'avenir les baptisera sans doute aussi sûrement que Rémi a baptisé Clovis.

Petite halte dans ma turne parisienne afin de troquer du linge sale contre du propre et départ vers l'aérodrome. Les Alpes ont généré des perturbations et le zinc qui a transporté ma graisse à Budapest, via Denfert-Rochereau et Orly, a croisé des trous d'air. Je n'étais pas habituée, ma Panhard de tous les jours n'y était pas sensible. Enfin, on a fini par atterrir.

Débarquement le soir, dans une contrée au langage totalement incompréhensible. Une langue « agglutinante à caractère flexionnel ». Qui vous laisse analphabète sur le bord du chemin et qui vous transforme en mime Marceau. J'arrivais un peu tard pour embrayer sur Pécs, à deux heures de route, je n'ai pas pris de risques, j'ai hélé une voiture surmontée d'un petit écriteau lumineux sur le toit indiquant « taxi ». J'ai prié Viracocha pour que « taxi » ne signifie pas « ambulance ». Gagné. Le type a entendu « hôtel », il a hoché la tête et m'a embarqué vers une auberge du centre-ville. Il toucherait certainement une commission. Ma foi, j'étais hébergée pour la nuit et c'était le principal.

Idée stupide, certainement inoculée par les lectures des cartes de géographie mais j'avais l'impression qu'une fois au sein de la petite Hongrie, cette tache réduite au centre de l'Europe, il me deviendrait aisé de repérer Thomas. J'imaginais une tête au-dessus de la foule, un béret et le drapeau tricolore comme autant de cartes d'identité. Raté, Budapest est une capitale, la foule y est aussi dense qu'à Paris et le fugitif peut s'y planquer à l'aise.

J'ai profité de ma soirée pour visiter la ville. Une fille de l'hôtel qui causait l'anglais avec les mains aussi bien que moi m'a indiqué les grands sites touristiques. J'ai interprété ses mimiques :

— En une soirée, vous ne verrez rien. Donc montez sur la

colline du château, à Buda, d'où la vue est magnifique. Et vous verrez tout.

Je ne sais pas si j'ai vraiment compris. Par contre « magnifique » en anglais manuel se montre en levant le pouce. Et c'était vrai.

Budapest est séparée en deux parties par le Danube. La rive droite, Buda, un peu escarpée, agrémentée d'un quartier historique bichonné par les édiles locaux. De l'autre côté du fleuve, Pest, moins romantique, plus vivante, aussi. Comme me l'avait indiqué la réceptionniste, depuis les hauteurs de Buda, le panorama sur le fleuve, les ponts et la rive gauche valaient le déplacement. Malgré le froid sec de la contrée, une caractéristique du climat continental qui prédomine en ces lieux, je suis restée à observer les eaux du Danube, le pont aux chaînes et le parlement illuminé, une réplique de celui de Londres. J'aurais volontiers oublié Juan-Manko ici, mais le jaune « Schönbrunn » des maisons de Buda m'a rappelé la couleur de l'Indien. Coup de spleen au cœur de l'Europe. La détective planétaire a le mal du pays.

Chapitre XIII

Les lueurs de l'aube hongroise m'ont éveillée par les interstices des volets entrouverts. Le boulot m'attend.

Le loueur de bagnoles a pigé les généralités de mon discours et m'a fourgué un véhicule à moteur de marque boche. Des gestes hongrois, pour m'indiquer gentiment comment raquer avec ma carte bancaire puis pour me diriger vers la route de Pécs. On se demande pourquoi l'homme a inventé la parole, on se démerde très bien avec des gestes. J'en connais d'ailleurs un paquet qui ferait mieux de la fermer. Mouais. Ils parviendraient tout de même à balancer des inepties avec les mains.

Pécs, perle hongroise. Charmante cité baroque où il est plus agréable de se balader que de partir à la recherche d'une adresse imprononçable. Au programme, marche à pied, flâneries touristiques et recherche de la « Ifjùmunkàs utca ». C'est un quidam aux pognes germanophones qui m'a jetée sur la voie du quartier résidentiel d'Attila. Le pote de Carayol nichait dans un petit immeuble de trois étages. Coquet et propre, à l'image de la ville. Un homme m'a ouvert, cinquante ans, une calvitie avancée et un petit bide trahissant son goût pour la gastronomie. Rien à voir avec mes attentes, c'est-à-dire un jeune de l'âge de Thomas, sortant du service militaire. Et naturellement, ce n'était ni Attila, ni Gengis Khan mais simplement le nouveau locataire. On a siroté un alcool d'abricot. « Barack Palinka », ai-je capté au passage. Une gnole généreuse qui vous donne l'impression de rouler des pelles à un dragon. Un léger goût d'abricot en arrière-bouche si vous avez la chance d'avoir conservé une ou deux papilles intactes. Mais c'était la condition pour attendre l'épouse du Magyar qui jactait un tantinet la langue de Molière.

Effectivement, la dame bredouillait un peu le français. Comme moi, à l'époque où j'expulsais mes dents de lait. Intéressant. Attila Kocsis avait quitté les lieux, deux mois auparavant. Il venait d'ouvrir un restaurant à Balatonfüred, la cité balnéaire du lac Balaton, la petite mer hongroise. Une info primordiale. Accompagnée d'un détail complémentaire qui m'a remonté le moral. Eszter, c'était le prénom de mon informatrice, a ajouté dans un sourire :

— Vingt ans sans parler français. Depuis mes études. Et deux fois en deux semaines.

— C'est une vraie loi des séries. Racontez-moi ça.

La semaine précédente, elle avait reçu un coup de téléphone d'un Français. Qui cherchait aussi Monsieur Kocsis. Curieux ! Alors que Clovis avait passé des lustres à se débarrasser d'Attila, désormais ses descendants s'obstinaient à lui mettre la main dessus ! Eszter, fort courtoise et hospitalière, avait renseigné le gonze. Elle n'a pas hésité et m'a balancé les mêmes infos. Adresse et téléphone du chef des Huns.

Une soirée à Pécs, agrémentée d'une nouvelle sortie touristique et d'un goulasch succulent, au paprika naturellement. J'étais seule dans la salle en cette fraîche période sans touristes. Pourtant un orchestre tzigane a agrémenté la soirée. Aux larmes violonistes, sonnez accordéons, qu'un son impur me noie dans le bourdon. Les types jouaient des airs éculés, réservés aux bataillons estivaux, mais leur musique m'a mis la chair de poule. Comme le son de la quena et du charango avec les roseaux du lac Titicaca pour décor. Les peuples en danger ont inventé les musiques sombres.

Dès le lendemain, départ sur les rives du lac Balaton. Épaulée par la sensation d'être proche d'astiquer le Graal. Thomas s'est réfugié en Hongrie et cherche à s'abriter chez son ancien camarade de chambrée. Bonne pioche.

Balatonfüred. Plutôt destinée au tourisme de masse. À l'intérieur des terres, le relief s'accentue, le sommet des collines est enneigé. La ville s'étend le long du lac. Des villas rococos, des hôtels modernes, en été, les touristes se battent pour accéder aux rives. À cette saison, comme dans toutes les stations balnéaires du monde, c'est mortel. Les quais du port de plaisance sont déserts. Les arbres offrent leurs branches dénudées, les rares canards se gèlent le croupion dans une flotte qui commence à prendre en masse, les auberges et bâtiments des bords du lac sont fermés et les âmes absentes. En milieu de journée, il n'y a déjà personne dehors, la soirée sera longue. La gargote d'Attila, identifiée au détour de mes flâneries, semble close. Si le type est sain d'esprit, il n'ouvrira pas son rade d'ici le printemps. Il est parti en congé et je suis bonne à poireauter jusqu'aux beaux jours. Impasse.

Midi, le goulasch vespéral est métabolisé. J'ai acheté des trucs à grailler dans un petit supermarché. Des trucs qu'il me semblait reconnaître, saucisses en plastique, chips en polystyrène, on a les mêmes chez nous. Améliorés d'un petit Tokaj rosé, le nectar local, dégotté sur un rayon pinard fort bien achalandé. Pas la cave de Run, mais acceptable.

La caissière m'a indiqué un hôtel ouvert. Elle m'a tracé un joli crobard, elle n'était pas surmenée, le chef était absent et les clients chimériques. Ensuite, pique-nique au bord du lac, les aliments se frayent un passage au-dessus du col relevé. Je dois appeler Attila. Première étape, téléphoner. Mon portable émet des bips hostiles et ne m'est guère plus utile que le prospectus pour la visite guidée du château comtal de Carcassonne qui vient de tomber de ma poche. Je n'ai pas prévenu mon fournisseur d'accès, j'ignore la procédure pour activer l'engin au-delà de ma circonscription. Il est vrai que je dépasse exceptionnellement Malakoff. Seconde étape : identifier une cabine téléphonique.

Tâche globalement assez aisée. À Londres, elles sont rouges. Ne bourlinguant pas à Londres à cette heure, j'ai exclu de ma prospection toutes les casemates rouges et j'ai finalement identifié l'édifice désiré. Troisième étape : interpréter le mode d'emploi placardé sur l'appareil, traduit en chleuh et en russe. Sans les mains. Compris, la carte bancaire fonctionne. J'ai appelé furieusement Attila toutes les demi-heures. Il était peut-être parti, au supermarché, chez un pote, une fiancée. S'il a le Graal, il va pas se le garder. Vers la fin de l'après-midi, le soleil s'est planqué derrière les collines de la presqu'île de Tihany. Il a emporté dans sa chute les degrés nécessaires à la survie de l'homo sapiens sapiens. Une petite brume est sortie des eaux du lac et a envahi les terres. Une petite brune est entrée dans le col de son anorak. Les paysages sont devenus flous, comme l'avenir. Il était temps de se planquer à l'abri. Un dernier coup de fil à Attila, pour la bonne conscience.

Sept, nombre sacré. Miracle, ce septième coup de fil a engendré une réponse. En hongrois. Ma gestuelle a dû convaincre mon interlocutrice de me passer un francophone. Re-miracle, Viracocha a l'œil rivé sur moi, Attila a pris le combiné. Il a consenti à ouvrir son boui-boui pour deviser.

Attila Kocsis m'a reçue dans son restaurant et m'a offert le goulasch. Les amis de Thomas sont mes amis. Sauf ceux qui se trimballent sous une cagoule ? On s'est installés avec sa femme dans la salle, sur une table proche de la cuisine. L'établissement était fermé, la pièce un peu froide et immense autour de ses trois occupants, mais la viande d'Attila fondait sous la langue, pas comme dans la légende. Et les gnocchis en sauce nous ont réchauffés. Les Kocsis m'ont également offert le gîte, j'ai accepté, je n'avais aucune envie de ressortir dans le froid et le brouillard.

Attila m'a révélé de petites choses : Carayol l'avait appelé, une bonne semaine plus tôt. Inquiet, bizarre.

— Mon français suffit pas à tout comprendre. Au début, lui voulait me visiter. Après, lendemain, lui rappelle et dit non. Plus venir. Il dit qu'il a peur, qu'il y a police autour. Rentrer en France ou partir en Ukraine.

— Qu'est-ce qu'il a fait ?

— Pas de nouvelles depuis.

— Et d'après toi ?

— Aucune idée. Il est arrivé un mauvais truc ?

Dilemme. Mentir ou pas. C'est son pote, il a le droit de connaître la vérité. Inutile qu'il envoie des mails guillerets à son ami pour tout apprendre dans deux mois. J'ai causé. Attila m'a demandé de répéter, à plusieurs reprises. Le guerrier a baissé sa garde puis a juré longuement dans la langue de Petöfi. Pour ma part, j'ai ruminé ma déception. Toujours pas de Thomas à l'horizon.

On a conclu qu'on se tiendrait au courant des événements : moi, si je touchais à mon but et lui, si son copain tueur se hasardait à un nouveau contact. Son copain tueur ! Il était drôlement secoué, Attila. Il avait lâché les rênes. Sa monture s'évadait dans la steppe, sans contrôle.

Il a encore précisé qu'il ne m'appellerait qu'avec l'accord de Thomas. Il était loyal. Je n'ai rien objecté. J'ai songé à l'Ukraine.

Du temps où je passais des examens de géographie, ce n'était pas un pays, mais une fraction d'un autre. Guère de raison d'en étudier les particularités. Donc j'en ignorais l'essentiel, hormis quelques noms : Kiev, Sébastopol. Sébastopol, pas le boulevard, la ville.

Et aussi Tchernobyl. On ne parle des patelins que lors d'un crime sanglant ; on ne cause de l'Ukraine que lorsque sa principale centrale nucléaire nous irradie.

L'Ukraine ! Un bout de frontière avec la Hongrie, loin là-bas à l'Est. Vraiment une autre galaxie. Si Thomas s'y trouve, le fil est rompu. Définitivement. Enfin, on peut le craindre. Hubert sera content de l'apprendre, le tueur ne donnera probablement plus signe de vie et les albums de Run continueront à se vendre. Malgré le tourment de voir rappliquer Carayol dans un, deux ou dix ans. Une situation désagréable. Quant à Schéhérazade, il est temps de lui expliquer qu'il est préférable de ranger Thomas sur l'étagère souvenir et de fermer la porte de l'armoire à double tour. Et je pourrais m'appliquer la recette pour Juan-Manko, sinon je vais chialer toute ma vie. L'Inca ne s'était pas pointé dans mes hémisphères depuis au moins une journée. Son incursion, aussi soudaine que violente, m'a anéantie et j'ai lutté afin d'éviter de fondre en larmes devant mes hôtes. La barack Palinka et le lit ne m'ont guère rassérénée. Par contre, la solitude, les violons et la quena ont bien fait leur job et m'ont jetée en sanglots dans les bras de Morphée.

Chapitre XIV

Le Tokaj du pique-nique et l'alcool d'abricot ont stimulé mes rêves : une nuit habitée de tous les trains du monde. Le voyage a démarré à Villeneuve-Saint-Georges, dans un omnibus en aluminium, un immonde train de banlieue à tronche de boîte de conserve qui mène à la gare de Lyon. Puis direct de Paris aux Andes, à peine la Seine a-t-elle disparu que les passagères ont bruni et se sont couvertes de chapeaux melon. Un train touristique, empli d'Incas, qui ahanait sur l'Altiplano sans jamais s'arrêter. Et qui est rentré tranquillement à la gare de l'Est pour devenir convoi de luxe : l'Orient express. J'avais vu des affiches, à Budapest, le cerveau et la gnole ont fait l'amalgame. Il existait toujours, l'Orient express, et menait de Paris à Istanbul en passant par l'Autriche et la Hongrie.

Les ultimes neurones à l'abri des vapeurs éthyliques ont été stimulés et ont embrayé. Ils ont revêtu la peau d'un type recherché par la Rousse, un type d'une intelligence normale, pas un déséquilibré forcené prêt à déquiller l'univers. Logiquement, Thomas a cherché à se réfugier chez le seul copain qu'il possédait un peu loin de France. Il a eu cette idée immédiatement après le crime, peut-être même était-ce prémédité. Le soir du meurtre, il se tire fissa. Il veut gagner un aéroport international. Le plus proche, c'est celui de Barcelone. De là, il y a sûrement des vols pour Budapest. Peut-être s'est-il déjà renseigné au préalable, d'ailleurs. Il a du temps devant lui, le corps de la victime ne sera pas retrouvé tout de suite. Demain, au mieux, lorsque Schéhérazade ira faire le ménage. Ou ce soir, si elle s'inquiète parce qu'il ne rentre pas. Coup de chance, c'est le déluge, les recherches vont être compliquées. Quelques heures gagnées. Sur la route, le fuyard réfléchit et intègre qu'un changement de bagnole perdrait les limiers pour un petit moment. Meilleur moyen, en arrêter une. Dommage pour le passant, mais grandiose pour l'assassin : plusieurs jours de bénéf, le temps pour les perdreaux de chaluter le véhicule. Le meurtrier continue sa route. Un bon choix, Barcelone : les flics n'iront pas immédiatement chercher à l'étranger. De toute façon, il sera arrivé quand ils attaqueront leur boulot.

Il atterrit en Hongrie moins de douze heures après le meurtre. Une fois à Budapest, par contre, Thomas n'a pas l'air serein. Il retrouve Attila puis modifie son plan. La trouille. Le syndrome de la cavale qui commence à lui bouffer le cortex. Toujours aux aguets, guère de moyens de camoufler son identité, donc des traces un peu partout, dès qu'il paye, dès qu'il mange, dès qu'il se déplace, dès qu'il respire. La décrue s'annonce en France, les bleus vont polariser leurs investigations sur sa modeste personne. Justement, à sa place, je rentrerais au pays. C'est le moment idéal, les flics le croient en Hongrie. Simplement, il faut revenir de façon anonyme. Et on le cherchera sur les rives du Danube.

Les trains ont à nouveau colonisé les neurones sains. Des panneaux lumineux partout, des annonces « attention au départ ». Le cerveau, du moins sa partie non syndiquée qui accepte de bosser au-delà des heures ouvrables, a analysé les choses de façon globale. Comment peut-on rentrer de Budapest à Paris incognito et assez rapidement : par le train.

Au petit matin, Attila m'a confirmé que l'Orient express roulait encore, moins romantique mais tout aussi efficace. Je le trouverais à la gare de l'Ouest, à Budapest. Nyugati pàlyaudvar dans l'idiome local. Adieu à mes hôtes, merci de l'accueil en espérant se revoir, ici ou ailleurs.

Nyugati pàlyaudvar : une superbe construction signée Eiffel. Hier Sébastopol, aujourd'hui Eiffel, finalement je me demande si j'ai bougé. Les panneaux en langue austro dessous, hongroise dessus, renseignaient sur les destinations et les horaires des trains à partir de Budapest. Autant dire des monceaux de lignes et de colonnes. J'ai repéré Paris, fin du voyage de l'Orient express. Paris, à la suite d'une kyrielle de noms barbares. Wien, München… Il fallait environ vingt-quatre heures pour atteindre la gare de l'Est. Thomas était en France, j'en avais l'intuition. Une intuition forte, qui tutoyait la certitude. Un sentiment indémontrable, sans aucune preuve mais qui m'a envahi les tripes. Euclide a dû percevoir une sensation proche lorsqu'il a compris que les deux droites parallèles qu'il venait de tracer sur le sable d'une plage du Péloponnèse ne se rejoindraient jamais.

Si mon fugitif a pris le train, espérons qu'il a été vu ici. Un guichetier pourrait me renseigner. Pardon, monsieur, auriez-vous vendu un billet pour Paris ces derniers jours ? Délicat à exprimer avec les mains.

J'ai tenté photo sous le tarin : « Vous le connaissez ? », « You know him ? », « Kennen Sie ihn ? ». Quatre-vingt-dix pour cent des Hongrois interrogés ne connaissent pas Thomas Carayol, les autres ne se prononcent pas. Statistiquement, les résultats de ce sondage permettent de conclure sans se gourer que Lily doit quitter les lieux.

Pas question de courir en Ukraine, le fuyard y serait aussi à l'aise qu'un éleveur de truite dans le désert de Gobi. Donc retour en France, sans résultat probant. Mon client sera un peu déçu, mais tant que les bleus sont également bredouilles, il est peinard.

Le temps d'attendre le premier avion pour Paris, adieu la Hongrie, je reviendrai au bras d'un Inca goûter aux joies estivales au bord du lac Balaton. Les Alpes ont encore perturbé mon coucou, j'ai vérifié la présence d'un gilet de sauvetage sous mon siège. Il s'y trouvait, on pouvait tomber.

Le soir-même, je poussais la porte de mon deux-pièces. J'y avais séjourné deux quarts d'heure entre les Corbières et la Hongrie. Le temps d'un échange de linge. C'était le foutoir, j'avais tout posé au centre de la salle de bains. En attente. Un coup d'œil rapide sur ma boîte aux lettres électronique, l'ordinateur a attendu deux plombes avant de réagir, enfin comme d'habitude. Juan-Manko est toujours muet, peut-être n'est-il pas encore arrivé chez lui. Quatre jours de voyage, ça paraît un peu long mais les expulsés ne goûtent guère des vols directs en classe Affaires. Une petite heure pour ranger ma documentation sur l'affaire et pour achever la lecture de la presse. J'étais partie un peu vite, l'autre jour, j'avais été interrompue par Hubert Renault dans ma consultation de La Dépêche.

Le second crime de Carayol en détail: les flics, dès que l'Orbieu et ses collatéraux s'étaient recouchés dans leurs lits respectifs, avaient découvert un nombre impressionnant de carcasses de véhicules. Comme les schtroumfs recherchaient encore trois personnes, le plus souvent, ils jetaient un œil dans l'habitacle et, merci la Providence, n'y découvraient en général pas de cadavre. Sauf dans une voiture. Un cadavre défiguré, désagrément que l'Orbieu seul était incapable de provoquer. Les gendarmes avaient vite compris que la mort de l'homme parachevait une série de cartons à bout touchant. Le quidam était impossible à identifier et ne correspondait pas aux trois individus toujours disparus. Un homme. Moins de trente ans. C'était les seules informations dont on disposait. Un second article évoquait les autres personnes recherchées. Son titre aurait dû m'alerter: « Toujours trois disparus ». Le corps découvert était un petit supplément inattendu et n'entrait pas dans la comptabilité initiale. À l'inverse de l'usage qui veut qu'on ne retrouve pas les disparus, on venait de retrouver un type qui n'avait pas disparu.

Si le cadavre s'avérait muet, la voiture s'était révélée plus bavarde: elle appartenait à Thomas Carayol. D'où l'hypothèse d'un changement de véhicule suivie de la suppression du conducteur témoin. Pourquoi s'être acharné, encore une question sans réponse. Une habitude, depuis quelques jours. Les points d'interrogation tapissaient mon cerveau.

J'ai joint Hubert Renault, pour un bilan d'étape. L'éditeur était un peu désappointé. Je lui ai remonté le moral en lui rappelant que Thomas ne songerait plus à se montrer avec deux macchabées sur la conscience. Il l'a admis mais craignait toujours que les flics ne parviennent à l'alpaguer. Surtout s'il se trouvait en France.

— Écoutez, Monsieur Renault. Je continue l'enquête. J'ai de l'avance, je suis la seule à posséder une preuve de son séjour en Hongrie. Tôt ou tard, il commettra une erreur. Appeler Schéhérazade, par exemple.

— Auquel cas, les écoutes téléphoniques parleront. Et pas à vous en premier.

— Certes. De toute façon, je retourne dans les Corbières. Il y a certainement un truc à glaner là-bas. Un détail qui m'échappe. Un plan B. Thomas se comporte comme quelqu'un d'intelligent, pas comme un fugitif en bout de course. J'en arrive à me demander si sa fuite en Hongrie n'était pas une feinte pour égarer les flics. Dans ce type d'affaires, la solution est presque toujours sur place. Pour l'instant, j'ai une poutre dans l'œil, si vous voyez ce que je veux dire. Elle m'aveugle, mais je réussirai bien à l'extraire.

Il est évident qu'on raconte beaucoup plus de conneries quand on n'a rien à dire. Et dès mon retour en France, je me suis sentie sèche. Aucune idée, sauf celle de tout recommencer depuis le début. Une forme d'impuissance. J'ai parlé pour meubler. On a raccroché, sans espoir démesuré d'arriver à nos fins.

La seule piste que j'avais suivie provenait de l'observation des répertoires d'adresses de Thomas. Je les avais consultés, sans les analyser complètement. Peut-être s'y cachait-il une autre relation privilégiée. Et puis, la routine, ma vieille, la routine. L'entourage de Carayol, je l'avais exploré. L'entourage de la victime, je l'avais éludé. Et pourtant, je le soupçonnais depuis un moment d'être moins limpide que les eaux usées des favelles de Rio. En particulier depuis les interventions cordiales des frileux de la tronche. J'ai rappelé Hubert Renault.

— Allô. C'est encore moi. Dites, madame Renault, votre belle-sœur, elle le connaissait Thomas Carayol ?

— Non, je ne pense pas. Elle connaissait son existence, pas plus. Je doute qu'elle ne l'ait déjà rencontré. Pourquoi ?

— Je ne sais pas, une idée floue. J'ai supposé qu'elle devait passer du temps dans la propriété et qu'il aurait pu s'épancher, évoquer ses amis. Au point où j'en suis, je ne dois rien négliger. Elle est au courant de votre démarche, il me semble ?

— Vous savez, Yves descendait dans les Corbières pour travailler. Il préférait s'y trouver seul. Ces dernières années, ma belle-sœur n'y séjournait que très rarement.

Hubert Renault m'a dissuadée de lui rendre visite. Brigitte Renault avait effectivement donné son accord pour que son beau-frère me charge de coincer Thomas. Mais, elle ne se remettait pas de la mort de son mari. À peine deux semaines, c'était peu pour faire son deuil. Même les flics l'avaient laissée tranquille. Mon client ne m'engageait pas à cette entrevue, au contraire. Une seconde raison pour tailler une bavette avec la veuve. La première, Hubert me l'avait fournie au cours de la discussion : Brigitte Renault connaissait Thomas, une photographie l'attestait. Une vue prise lors d'une petite fiesta dans leur campagne. Elle était sous mes yeux, offerte par Schéhérazade. Hubert y figurait également. Alors pourquoi ce mensonge et pourquoi me déconseillait-il de l'interroger ? Mystère.

Je pensais et j'agissais en simultané. Depuis le début de l'enquête, un autre point me chagrinait : le mobile du crime. La colère, le fric ou les deux. La colère, je n'y croyais plus : la fuite de Carayol était organisée. Le blé, l'oseille, le pognon ? Certes, comme l'immense majorité des habitants de cette planète, il aurait accepté d'en posséder assez pour buller le restant de ses jours. Mais combien avait-il piqué dans la baraque de Run ? L'autre descendait chargé de pas mal de liquidités, prétendait son frangin. Deux mille, trois mille euros, allez, cinq mille. De quoi largement payer sa bouffe et deux mois de dépenses sur place. Si Carayol l'avait délesté de cette somme, il ne s'était guère enrichi. Pas assez pour se les rouler jusqu'à l'extrême-onction. Nulle part, même pas en Ukraine. Le mobile fric était mince. Thomas aurait dessoudé Renault comme une petite racaille de banlieue qui braque le boulanger du coin pour une caisse minable. Impossible. J'ai une autre idée. La bonne, peut-être pas, mais pas la plus mauvaise. Une idée qui propulse un petit malfrat de cambrousse dans une association de malfaiteurs. La donne évolue et me voici dans l'obligation de tchatcher avec madame Run.

Elle m'a reçue. J'ai invoqué l'obligation professionnelle : « Je dois tout savoir pour avancer, le moindre détail peut revêtir une importance capitale... ». Je lui ai aussi suggéré de ne rien dire autour d'elle de notre entrevue, en particulier à son beauf. Elle a accepté. Tiendrait-elle parole, nous verrions.

La veuve éplorée, taraudée d'un intense chagrin. Je ne me l'imaginais pas ainsi. Une abondante chevelure blonde, décolorée, les racines soignées. Elle veillait à son apparence, malgré le deuil. Une comédie médiocre, au début, pour singer l'affliction. Et puis les aveux, plus rapides. Son mari et elle ne vivaient pour ainsi dire plus ensemble. Le couple s'était lézardé suite à la maladie de Run. Lui toujours dans ces Corbières qu'elle exécrait : la première boutique Vuitton est à au moins cent cinquante kilomètres. L'artiste, dépressif et agressif après sa maladie, puis insatisfait de l'arrangement trouvé avec ce salaud de Carayol. Guère de raison de prolonger cette vie conjugale en détresse. Pourquoi ne pas divorcer ? L'espoir de recoller les morceaux, selon madame Renault. La crainte d'y perdre beaucoup de fric, selon Lily Verdine.

— Justement, ce salaud de Carayol ? Vous le connaissiez ?

— Peu. Un rustre de la campagne.

Ce n'était pas son monde. Aucune chance qu'elle puisse me dire où il se planque. Ou bien elle l'avait utilisé et ne se montrerait pas plus prolixe.

Mon idée se frayait un petit passage. Un roman saugrenu ou le début d'un truc plus aguichant : madame Renault aurait payé un contrat à Thomas et aux cagoulés. Un vrai contrat : beaucoup de fric pour eux et une partie de l'héritage pour elle.

Pourquoi pas. La veuve a vite cessé de pleurer. Désormais libre et immensément riche alors que jusque-là, il lui fallait quémander sa thune à son mari ou à son beauf.

Elle ne m'apprendrait rien de plus. J'ai hésité à la questionner sur ses deux fils. Hubert leur avait déjà taillé des costards peu flatteurs et une mère ne peut être objective. Autant faire leur connaissance avant d'accumuler trop d'a priori.

Dans la soirée, mon client m'a rappelée. Perclus de remords, il a avoué que Brigitte Renault et Thomas s'étaient déjà rencontrés. Lors d'une petite fiesta d'été qui remontait à trois-quatre ans. D'où son oubli coupable. Et pourtant, il aurait dû s'en souvenir. Quel idiot il était ! C'était un de ses rares séjours dans la campagne des Corbières, une des rares réunions familiales où tous étaient présents. En plus, cette fois-là, ils avaient vu débarquer Char, l'ancien scénariste de Pierron, évanoui plusieurs années auparavant. Et il s'était mis à rêver d'une collaboration Char-Carayol. Hélas, l'auteur n'était pas volontaire et il s'était aussitôt évaporé. Autant de raisons pour inscrire l'événement dans sa tronche. Je trouvais son amnésie curieuse. Encore un point d'interrogation.

Chapitre XV

Étais-je en train de m'égarer où avais-je touché de la phalange un bout de vérité ? Peut-être Philippe et Solange, mes candides préférés, auraient-ils une idée là-dessus. Je me suis invitée chez eux. Comme à l'accoutumée, j'y suis arrivée en fin d'après-midi et je leur ai donné un coup de main pour le coup de feu du soir. Le bistrot fermait vers vingt et une heures, après, nous pourrions nous sustenter. Dès que les derniers alcooliques auraient admis qu'il était temps d'aller jouer aux alambics plus loin.

J'étais déléguée au pinard. Ballon de blanc, de rouge ou de rosé, servis à ras bord au comptoir, parfois à table, mais plus rarement. Le ballon se boit au comptoir, de temps en temps accompagné d'un œuf dur.

Philippe continuait à présenter des œufs durs sur le zinc. Un des derniers mohicans de l'œuf dur. La province l'avait déjà largement abandonné. Longtemps, je ne m'étais présentée dans un bistrot parisien qu'après avoir repéré un présentoir à œufs. Garni. Désormais, cette quête s'avérait complexe. Les cafetiers négligeaient cet article. Il restait Phil et surtout Solange qui, tous les matins, débutait sa journée par la cuisson des œufs. Sept minutes, dans l'eau bouillante, au-delà le jaune devient vert, et l'aliment développe une légère odeur soufrée désagréable.

Les clients ont éclusé quelques bouteilles, les œufs durs ont disparu peu à peu. Le bruit de la coquille sur le zinc vaut toutes les symphonies. Il varie selon la force et le point d'impact. Les méthodes d'élimination de la fameuse coquille diffèrent aussi selon le client. Le pressé, la brise en menus fragments, agrippe la petite peau qui entoure le blanc et parvient avec un minimum d'adresse à enlever le calcaire en deux à trois passages. Le poète profite de l'épluchage pour s'envoler dans la stratosphère. Il évince de minuscules éclats qu'il dépose délicatement dans l'assiette, certains lui restent collés au doigt. Il les repousse alors d'une pichenette, parfois sans réussite. Et dans ces minutes, son regard le trahit, il médite. Il crée. Un peu de marketing et l'œuf dur pourrait aisément remplacer le haschich de Baudelaire ou les alcools d'Apollinaire.

— Lily, tu le sers, ce rouge ?

— Excuse-moi, Édouard. J'étais perdue dans mes pensées.

Édouard se classait parmi les exceptions biologiques. Quinze ans de bar, matin, midi et soir. Quatre verres de rouge à chacun de ses passages, autant chez lui d'après ses potes et une belle couperose pour attester de son rythme d'absorption. Mais jamais d'absence, jamais d'ivresse. Et surtout, un foie de chérubin. C'est ce qu'il prétendait, confirmé par son toubib qui, lui non plus, ne détestait pas un arrêt chez Phil. Édouard attendait son pénultième verre.

— Et dites-moi, à cette heure, à quoi peut penser une belle jeune femme comme ça ?

— Elle pense qu'elle serait mieux au lit contre un prince charmant qu'à te servir du pinard.

La couperose a masqué un léger rosissement. Les femmes l'intimident, Édouard. Il est vrai que sa trogne imbibée voile son charme. Il a simplement ajouté :

— Bon, comme je suppose que le prince charmant, c'est pas moi, il est temps que je m'en aille. Un dernier, s'il te plaît.

Le compte est bon. Édouard a réglé ses ballons. Il s'est éclipsé, sourire aux lèvres. Sans rancune.

On s'est installés dans l'arrière-cuisine. Solange a d'abord servi le petit salé aux lentilles, sa spécialité.

— Un plat de pauvre. Mais délicieux, si on n'oublie pas la crème. Et si on prend des lentilles vertes, bien sûr. Un pied de nez à l'aristocratie qui se gave de caviar. Pas besoin d'aller chercher si loin pour se régaler.

Philippe s'apprêtait à déboucher une bouteille de rouge lorsque je me suis souvenu :

— Attends, j'ai un petit truc dans mon sac. J'ai failli oublier.

Ma dernière bouteille de Saint-Estèphe. Elle a été accueillie par deux larges sourires.

— Offert par Run, la star de la B.D. Cadeau posthume.

La dégustation du petit salé et du Bordeaux s'est déroulée au rythme de ma narration. Phil et Solange m'ont écoutée sans m'interrompre, sauf pour servir le vin. Ils jouaient le rôle de naïfs, capables de soulever un détail oublié ou de générer une idée neuve.

Tout comme moi, Phil estimait que le mobile n'était ni le fric, ni la hargne mais il n'adhérait pas à mon idée de contrat. Il m'a suggéré d'interroger les fils, avant de redescendre dans les Corbières. Et là-bas, les enquêteurs disposaient d'un corps et d'une voiture qui détenaient une part de vérité. Un coup d'œil s'imposait. Solange, elle, ressentait une certaine duplicité chez madame Renault. Certes, ma description n'était pas très avantageuse mais la femme de Philippe a insisté :

— Tu devrais la surveiller, ta bourgeoise. Je suis sûre qu'elle tire les ficelles. C'est elle qui t'a envoyé tes agresseurs. Elle était au courant de ta présence là-bas, non ? Une question d'héritage bien classique, ton affaire. À mon avis, elle a un amant et elle veut toucher le pactole. Un petit chantage délie les langues…

Phil a objecté, pensif :

— De là à faire supprimer son mari…

J'ai renchéri dans le sens de Solange :

— Tu sais, Phil, grâce à cet héritage, même si elle le partage avec ses mômes, elle devient richissime.

Un silence a suivi. Personne n'était convaincu par mon hypothèse, mais tout le monde sentait que Brigitte Renault cachait quelque chose. Dans le doute, sustente-toi.

— Plateau de fromages pour terminer la bouteille. Ensuite, salade de fruits, un gage d'amélioration du transit du petit salé.

On s'est quittés après le kawa. Solange m'a prédit un message de Juan-Manko sur mon ordinateur pour la soirée.

Il y était. Quelques mots d'amour, le récit de son voyage. Paris, Madrid, Miami, Mexico, Lima. Une aventure médicale : cinquante heures de coucous, malade comme un chien. En haut, le pif et l'œil qui hululent au moindre trou d'air. Plus bas, une diarrhée infernale, la turista à l'envers. Nos nourritures avaient chamboulé sa flore intestinale habituée à d'autres richesses. À la vue de son passeport péruvien, les toubibs nord-américains songeaient au choléra. Diagnostic administratif. Une raison de plus pour l'escorter jusqu'à son départ et pour s'assurer qu'il n'allait pas s'enraciner au pays des libertés.

Fin du voyage. Épuisé et vidé. Ses intestins ont accueilli de la flotte un peu plus chargée et les entrailles se sont rétablies. Un séjour en altitude et le visage a repris sa teinte originelle. Pas l'esprit, gagné par le spleen de Lima.

Son message était agrémenté d'une photo du paysage vu de sa fenêtre. Par temps clair, le panorama s'étendait vers l'océan Pacifique. Sur la droite, à cinquante mètres, commençait un bidonville. Un de ces quartiers qui, justement, abritait le choléra, bien tapi, prêt à surgir au moindre pépin. D'où le stress des toubibs yankees. Mais sur la photo, on ne distinguait que le brouillard opaque qui inondait la ville. Comme durant la moitié de l'année. On voyait à peine les baraquements délabrés pourtant si proches.

Je lui ai répondu dans la minute en joignant une photo de la ligne de Sceaux qui passait presque sous mes fenêtres ainsi que diverses vues de son épiderme, prises dans le gîte de Frau Schmidt. À lui de les imprimer et de comparer in vivo.

Il m'a rétorqué presque par retour qu'il lui serait délicat d'observer son dos et qu'il lui faudrait solliciter une tierce personne. Dans son Amérique latine un tantinet machiste, ce genre de requête auprès d'un mâle risquerait de compromettre sa réputation. Seule une femme lui rendrait ce service. Avec le péril de tenter la diablesse. Autre solution, il gardait le tout au chaud en attendant ma venue prochaine. Plus sérieusement, il m'a annoncé son départ pour les Andes. Son agence l'avait sollicité pour encadrer un groupe de gringos. Impossible de refuser, l'argent manque au pays de l'or.

J'ai imprimé les photos et tenté divers mélanges de peinture. Moyen, peut mieux faire. Toujours approximatif. Demain, j'ajouterais un chouia de jaune Schönbrunn. Et je contacterais les jeunes Renault.

Chapitre XVI

Hubert Renault m'a conseillé de m'entretenir avec Hugo, son neveu, sur son lieu de travail. C'est-à-dire dans le burlingue qu'il occupait au sein de la maison d'édition.

L'aîné des fils Renault frisait la trentaine. La chevelure brune courte, soignée, les joues impeccablement rasées, rien ne dépassait. Le jeune homme puait le luxe clinquant et de mauvais goût. La panoplie de sa classe : fringues et pompes de marques, quincailleries en or bien visibles, le tout choisi dans les meilleures boutiques parisiennes. Un accoutrement dont le rôle principal consistait à pallier la vacuité de ses compétences. Si les éditions Renault supportaient de rémunérer des inutiles... J'ai immédiatement senti qu'on allait être potes. Dès ses propos introductifs, Hugo s'est placé sur la défensive :

— Je ne comprends pas pourquoi mon oncle m'a demandé de vous recevoir !

— Écoutez, on cherche des éléments qui nous orienteraient sur la piste de Thomas Carayol. On n'a plus grand-chose pour avancer. Sauf si les gens qui l'ont connu m'apportent des éléments nouveaux.

— Je serais surpris de vous apprendre quelque chose…

Il suffisait que j'entende ce genre de réflexions pour que mes tympans se concentrent. D'autre part, l'absence totale de chagrin était suspecte. Même pas la moindre singerie, histoire de m'extorquer des condoléances. Son père était mort deux semaines plus tôt et le sbire semblait s'en soucier comme du prochain passage de la comète de Halley. Hugo, mon petit Hugo, je sens que tu vas m'être d'une grande utilité.

Il avait croisé Thomas Carayol plusieurs années auparavant, lors de vacances dans la propriété de l'Aude. C'était tout. Il ne s'était plus rendu dans les Corbières depuis bien longtemps. Son sentiment sur Thomas : sans pousser jusqu'à le soupçonner d'être un meurtrier en puissance, il sentait que ce type n'était pas fréquentable. Taciturne, aucune conversation et aucun centre d'intérêt commun. Un vrai bouseux, destiné à marner au fond de sa vallée. Il en faut. Seul son frère Martin avait jadis noué des relations avec lui. Je me préparais à l'abandonner lorsque je lui ai demandé :

— Vous faites quoi, au juste, dans cette boîte ?

Hugo n'a pas fui la question.

— Pas grand-chose. Je reste surtout pour le salaire confortable qu'on daigne m'offrir.

Surprenant. Cynique, le sieur Hugo. Il n'a pas tenté une justification de façade. J'ai un peu provoqué :

— Ce n'est pas gênant de gagner plus que la plupart des salariés, pour un boulot virtuel ?

Non. Du reste, il n'était pas responsable de ses privilèges. Son père l'avait imposé à tous et lui, il ferait ainsi pour son fils si demain le cas se présentait. Les hommes sont par nature inégaux : grands ou petits, gros ou minces, riches ou pauvres. Une constante du règne animal, ces inégalités. Tous ceux qui ont tenté de s'opposer à ces lois se sont cassé les dents. « Pas une raison pour abandonner », pense Lily. « Philosophie d'enfoiré », ajoute-t-elle.

De toute façon, pour Hugo, la situation actuelle n'était que transitoire. Le temps de brûler sa jeunesse. Hubert songeait à passer la main et le jeune premier deviendrait pédégé de l'entreprise. Là, lorsqu'il aurait le pouvoir, il se mettrait à bosser et on verrait les censeurs revenir la queue basse. Pour l'instant, dans la mesure où il était exclu des sphères de décision, il ne voyait pas pourquoi il se bougerait.

Je le sentais mûr pour diriger la boîte. Il serait capable de la couler en moins d'un an. Je l'ai laissé à ses certitudes de fils à papa pour aborder un autre sujet :

— Votre frère Martin, dont vous me parliez. Je pourrais le rencontrer ?

— Si vous le trouvez ! Nous sommes brouillés. Seule ma mère lui parle de manière épisodique. Ah, si, je crois qu'il voyait mon père de temps en temps pour lui taper du pognon. Moi, la dernière fois que je l'ai croisé, c'était il y a plus de six mois. Rendez-vous compte, il n'était pas à l'enterrement de notre père ! On ne sait pas où il est, ni ce qu'il trafique. Si ça se trouve, il n'est pas au courant du meurtre.

— S'il a lu la presse, il est au jus. S'il n'est pas venu, c'est vraiment qu'il a coupé les ponts. Votre mère n'a pas pu le joindre non plus ?

— Non. Elle a appelé chez lui, personne n'a répondu. Il lui est arrivé de faire de longs séjours à l'étranger. Il connaissait un peu de monde aux States.

Pitié, ne m'obligez pas à courir le chercher là-bas.

— Il a une activité quelconque ?

— Bonne question.

— Vous avez son adresse ?

Hugo m'a refilé un nom de rue et un numéro dans le cinquième arrondissement, en précisant qu'il n'y créchait peut-être plus. Troisième étage, droite. Martin déménageait fréquemment. Un instable.

Avant de sortir du bâtiment des éditions Renault, Hubert m'a alpaguée.

— Vous avez vu le phénomène ?

— Oui.

— Vous comprenez pourquoi je ne tiens pas trop à ce que les

révélations de Carayol nous créent des problèmes. Un ostrogoth pareil à notre tête, et au moindre souci, on boit le bouillon. Yves, lui, accomplissait sa part de boulot. Aussi bon gestionnaire que dessinateur. Vous savez, j'ai cinquante-cinq ans, j'aurais bien voulu lâcher un peu le pied, me retirer d'ici quelques années et laisser cette boîte dans de bonnes mains, mais je crois que ce ne sera pas possible.

— Vous n'avez pas d'enfant susceptible de continuer ?

— Non.

Sa réplique respirait la mélancolie. Je n'ai pas voulu approfondir. Vivait-il seul, était-il homosexuel, que sais-je. En tout cas, l'absence de paternité semblait lui peser.

Il me restait un élément de la famille Renault à rencontrer. Pour l'instant, si ceux que j'avais interrogés fournissaient leur lot de confidences, rien ne me semblait en rapport avec le meurtre d'Yves. Dans l'ensemble, ils avaient intérêt à garder l'artiste frais et dispos le plus longtemps possible. Même Brigitte, sa femme. Elle me paraissait de plus en plus mal fagotée dans les fringues du suspect. Seule une haine abusive de cette variété de bourge m'avait amenée à lorgner vers ses dessous soyeux.

Direction le cinquième arrondissement. Six heures du soir, les parisiens rentrent, le métro doit être bondé. J'ai opté pour une petite marche à pied. Une demi-heure. En flânant, je me suis aperçue que j'étais toute proche de la turne de madame Renault. J'ai commis le détour et planqué dans la rue. Pourquoi ? L'instinct. À son étage, les feux étaient éteints, l'appart vide. Petite attente en perspective. J'aimerais apprendre au bras de qui elle va rentrer.

La nuit tombait et l'obscurité m'a obligée à m'approcher de l'accès à son immeuble. Délicat, je risquais fort d'être reconnue. Si elle racontait à son beauf que je la filochais, j'étais bonne pour m'inscrire au chômedu. Je me suis éloignée d'une vingtaine de mètres et me suis insérée entre deux caisses en stationnement. Un couple d'un certain âge s'est pointé au bout de la rue. Bras dessus, bras dessous, le signe d'une intimité habituelle.

Elle, je l'ai reconnue à sa chevelure blonde. Un éclair dans la ruelle sombre. Lui, je n'étais pas en mesure de l'identifier. Juste le loden vert que j'avais déjà croisé. Ils sont entrés sous la porte cochère, il a tapé le digicode, preuve d'une certaine familiarité pour les lieux. Pas sûre, sûre, mais il ressemble à Hubert Renault. Demain matin, je viendrai vérifier. Mon client ne se levait pas aux aurores pour partir au turbin. Il me l'avait confessé, lors d'une conversation. Ainsi, il sortirait de chez la veuve après le lever du soleil et je pourrais l'identifier formellement.

Info surprenante, je n'y avais pas songé. Brigitte et Hubert auraient une liaison. Apparemment assez ancienne. Une coucherie bourgeoise, une de plus. Qui corroborait la thèse du contrat sur son frère. Mais dans ce cas, pourquoi m'avait-il sollicitée ? Peut-être pour loger Carayol et l'occire le plus rapidement possible. Un turbin qu'il ne pouvait exiger de la Force Publique. Une nouvelle théorie s'immisçait dans mes hémisphères : Thomas avait été payé par Hubert pour supprimer Run. Par la suite, Hubert avait prévu de descendre le meurtrier. Hélas, celuici s'était enfui et le beauf sollicitait les services d'une privée. Mais dans ce cas, pourquoi commanditer le crime auprès du jardinier, si par la suite, Hubert avait prévu de devenir assassin à son tour ? Ce geste ne le répugnait pas, il aurait pu se charger directement de déquiller son frangin. Certes. Cependant, en mandant Thomas, il s'offrait un coupable idéal. Qu'il lui serait aisé de détruire, en simulant un suicide par exemple. Et puis, pour un débutant dans l'activité, il est plus confortable de descendre un inconnu que son propre frère. Satisfaisant.

Chapitre XVII

Martin Renault habitait rue Henri Barbusse, une rue assez modeste, entre le jardin du Luxembourg et l'hôpital du Val de Grâce. En hommage à cet écrivain pacifiste, témoin incontournable de la grande guerre, un peu communiste sur les bords, tous les patelins de la banlieue rouge avaient baptisé de son nom des voies ou des sites importants. L'hommage parisien bourgeois demeurait plus léger.

Le temps de transiter par ma cahute pour m'alourdir de quelques outils, clés, flingue, lampe, et je me suis pointée au domicile de la jeune bouture Renault. L'interphone de son immeuble m'a bloquée au moins une heure. J'ai pressé le bouton portant son nom, personne pour s'émouvoir, apparemment, il était absent. J'entendais rester discrète, j'ai donc évité d'alerter les voisins. La soirée s'annonçait interminable lorsqu'un habitant s'est pointé. Je lui ai collé au train, à la limite de l'indécence. Le type ne m'a pas adressé un regard. Un cadre moyen, perdu dans son plan de licenciement, qui se foutait pas mal qu'on rentre dans sa résidence sans autorisation et qu'une nana lui souffle dans le cou. Il s'est arrêté devant l'ascenseur, j'ai avisé un escalier et m'y suis précipitée. Inutile que le gars me photographie. Troisième étage, droite. Pas de nom sur la porte, palier désert, coup de sonnette, rien. La solitude, ça existe.

Dix minutes quinze secondes, montre en main, pour trouver le bon passe. Trop, beaucoup trop, mais mieux que la dernière fois. L'appartement, un trois pièces assez spacieux, ressemblait à l'arrière-boutique d'un brocanteur d'Istanbul après irruption de la milice politique. « Le désordre c'est l'ordre », slogan célèbre issu de la lippe des anciens de 68. Une vue de l'esprit, certainement. Venez chez ce gazier et vous changerez d'avis. Pourquoi deviens-je réac à chaque fois que j'erre dans l'incertitude ? Un autre mystère, dont j'ai remis la résolution à une date ultérieure.

Apparemment deux chambres habitées, il a un ou une coloc. Un grand salon transformé en labyrinthe : emballages vides, courriers ouverts, bouquins et linge sale y dessinaient des sentiers au devenir aléatoire. Après trois plombes de fouille minutieuse, nulle trace de paperasses ou d'affaires appartenant au neveu de mon client. Perquise complète mais parfois interrompue par une sortie sur le palier et un repli vers l'escalier lorsque je percevais un mouvement d'ascenseur.

À minuit passé, je n'avais pas obtenu le moindre résultat. À se demander si j'étais au bon endroit. J'ai eu la réponse assez rapidement : la porte métallique de l'ascenseur a couiné. On l'entendait parfaitement malgré les trois étages qui nous séparaient. Je me suis réfugiée dans mon escalier après avoir refermé la lourde. L'engin s'est élevé dans un boucan de navette spatiale et a stoppé son ascension au troisième. De ma place, je m'en suis tenue à une interprétation : les éclats de voix indiquaient la présence de plusieurs personnes. Des jeunes sans doute. Ils sont entrés dans la carrée de Martin. Nouvelle interprétation, le fils Renault appartient au groupe. Autant tailler une bavette maintenant, vu que l'oiseau semble du genre migrateur.

Trois coups de sonnettes ont avisé les occupants. L'un d'entre eux m'a ouvert et m'a laissé le suivre. Sans se soucier de mon identité. Complètement allumé. Il longeait les cloisons afin d'éviter de choir et s'est affalé au milieu du salon. Un autre jeune et deux filles s'y tenaient vautrés sur la moquette. Ils n'ont pas bronché devant mon irruption. Je me suis demandée s'ils m'avaient remarquée. Les quatre avaient adopté une espèce d'uniforme. Des fringues noires et amples, les tifs coupés courts, presque rasés et des piercings abondants. Avec cette masse de ferblanterie sur la tronche, impossible de prendre l'avion sans stimuler les alarmes des portiques. Ils semblaient avoir occupé leur soirée à s'envoyer des substances bizarres par tous les canaux possibles. À moins qu'ils n'aient pelé des œufs durs.

Une des nanas s'est brusquement levée et s'est déloquée avec peine. En totalité. Un dauphin en érection dessiné sur la fesse gauche. Maigrichonne. Le tatoueur avait dû teinter les cartilages. L'œuvre était très réaliste, le gars avait un bon coup d'aiguille surtout qu'il avait certainement travaillé sans modèle. La fille a proposé :

— Tu viens te coucher, Cox ?

Cox a bougé les yeux. C'était l'autre individu mâle. Le seul des quatre encore lucide. Le délégué à la conduite du métro les soirs de bringue. Il a répondu :

— Attends, je m'en jette un dernier.

Il a vidé son sac sur le sol et, parmi une dizaine de tablettes de pilules, en a choisi un assortiment. Sans doute des étudiants en pharmacie qui sortaient d'une séance de travaux pratiques. Le gars s'est levé et s'est dirigé vers la cuisine pour se servir un verre d'eau afin d'engouffrer ses bonbecs. Il est revenu dans le salon et m'a fixée. Il ne ressemblait pas au Martin des photos. Ni lui, ni son collègue. La came vous transforme mais à ce point…

Comme j'avais réussi à attirer son attention, j'ai questionné :

— Il est pas là, Martin Renault ?

Ses oscillations de tête signifiaient « non ». Ses mouvements du bras indiquaient probablement l'ignorance. La communication n'était guère plus aisée qu'en Hongrie.

Cinq piercings ornaient son visage encore nubile. Une harmonie indiscutable : un à chaque commissure des lèvres, un au milieu du menton, un entre les sourcils, au centre de la glabelle, et un sur la langue afin de compléter le tableau. Les coins d'un cerf-volant et sur la langue, le point de rencontre des diagonales. J'ai encore tenté le coup :

— Tu le connais ?

Mêmes mouvements de tête et de bras qui insistaient pour désigner la porte d'entrée. L'interprétation s'en trouvait mal aisée.

— C'est toi qui habites ici ?

Réponse identique, accompagnée d'un murmure et d'un nouveau moulinet de la main pour indiquer la fille qui roupillait à nos pieds :

— C'est Julie.

J'ai secoué Julie qui a ouvert un œil. Pupille dilatée. J'ai braqué ma lampe de poche sur l'œil, rien la pupille ne s'est pas rétractée. L'œuvre du LSD. Un peu démodé mais toujours efficace.

— Julie, tu le connais, Martin Renault ?

Pas de réponse et l'impression de lire *La Critique de la raison pure* à une population de manchots. Je l'ai empognée derrière le crâne, par une partie de chevelure un peu plus longue et j'ai agité l'ensemble. La fille n'a pas varié dans ses déclarations. Belle constance. Cox m'a interrompue :

— Arrête. Elle est stone.

Retour vers l'extra lucide.

— Donc, il habite pas ici, Martin Renault ?

Mutisme. J'ai secoué la mécanique. Le jeune s'est dégagé et a admis à contrecœur :

— C'est le voisin d'en face, je te dis.

Il venait de me traduire son geste vers la porte d'entrée.

— Tu l'as déjà vu ?

— Une ou deux fois, dix secondes, sur le palier ou en bas, dans l'entrée.

— Comment il est ?

— Normal.

Haussement d'épaules signifiant « comme si on jugeait de la psychologie d'un individu au pied d'un ascenseur ».

— Et lui, tu penses qu'il peut m'en dire plus ?

J'ai désigné le quatrième individu affalé sur le flanc. De son seul œil ouvert, il matait une cloison avec insistance. Il l'a fermé dès que je me suis approchée. J'avais ma réponse.

Dure, la technique de l'interrogatoire, entre ceux qui mentent, ceux qui omettent et ceux qui se démettent dès la première question.

J'ai mis les bouts. Plus rien à glaner dans ce capharnaüm. Avant de quitter l'appart, je me suis servi un verre d'eau. Au fond de l'évier, diverses pilules se dissolvaient doucement dans la flotte en attendant de s'évader dans les égouts. Dans deux plombes, c'est fête à la station d'épuration. Cox, maladroit comme un calmar unijambiste, avait laissé choir ses cachets et s'était shooté à l'eau du robinet. Tant mieux pour sa santé. En passant devant la piaule ouverte, j'ai observé un instant la fille endormie. À poil, couchée sur le ventre, étalée sur un matelas posé au sol. Les côtelettes saillaient. Le dauphin était légèrement plissé, preuve d'un amaigrissement récent.

Bilan, Hugo Renault est mal latéralisé: il m'avait indiqué « troisième étage, droite ». Vu qu'il n'y a que deux apparts par étage, il s'est planté. Je l'enverrai en stage comme Frau Schmidt. Ou bien, étant donné sa fainéantise chronique, il utilise l'ascenseur et il arrive en face sur le palier. Et dans ce cas, le logement de Martin se situe à l'opposé, à droite, comme il me l'avait si aimablement révélé.

J'y suis, j'y reste. Nouveau tour de passe, neuf minutes trente-huit. En progrès. C'était un peu mieux rangé de ce côté du palier. Une bénédiction pour le fouineur. D'emblée, une pile de vieux courriers adressés à Martin Renault qui gisait dans un carton et qui m'a rassurée sur son identité. Cette fois, j'œuvrais dans la bonne turne. Hélas, les penderies étaient vides, les papiers personnels rares. Le garçon était parti depuis plusieurs jours. C'est la moisissure sur une canette de bibine ouverte et oubliée qui m'a renseignée.

L'ordinateur portable a refusé de démarrer. Dommage, le carnet d'adresses de Martin m'intéressait. La fouille s'est révélée sans intérêt. Rien qui puisse divulguer l'endroit où il gîtait à l'heure actuelle. Apparemment, il logeait là depuis pas mal de temps et songeait à y rester : toutes ses affaires de jeunesse s'y trouvaient. Les albums d'enfance, des photos de classe, une cinquantaine de disques compacts des années quatre-vingt-dix, les disques de son adolescence. Et une collection d'Opinel dans laquelle manquait un modèle de taille moyenne, celui de tous les jours.

Deux heures du matin. J'étais crevée. J'ai pioncé sur place en confiance : Martin était ailleurs, je ne le sentais pas se pointer en pleine nuit. Mon flingue s'est tout de même allongé à proximité, sous l'oreiller. Juste pour argumenter, l'occupant habituel aurait pu revenir, s'étonner de ma présence et devenir nerveux. Il n'a pas rappliqué.

L'aube s'est infiltrée par les volets ajourés. Réveil, bâillements de sommeil et de perplexité. Les perquises nocturnes n'avaient rien apporté, je nageais encore et toujours. J'ai glissé l'ordinateur dans un grand sac et j'ai calté en vitesse. Les occupants d'en face s'engueulaient. Lendemain d'agapes.

Première activité : une courte planque chez la mère Renault. Je me suis camouflée derrière une bagnole et à neuf heures tocsinantes, Hubert est sorti de l'immeuble. Il couche avec sa belle-sœur. D'où son manque d'entrain pour que je vienne la torturer. J'ai attendu qu'il s'éloigne et je suis rentrée.

Juan-Manko est silencieux, l'altiplano n'est pas encore truffé de cybercafés. Et les gringos nécessitent une présence continuelle. Jusqu'à les border et leur raconter une histoire avant qu'ils ne s'endorment. Il en avait abusé avec moi, je ne lui en avais pas tenu rigueur.

L'ordinateur de Martin a adopté le mutisme de l'Inca. Comme chez son proprio, il m'a présenté un écran noir qui exigeait une intervention lourde pour ressusciter. J'en ai causé à Victor, mon copain, le vieux toubib qui logeait au-dessus de chez moi. L'as de la débrouille, une qualité acquise durant sa carrière de médecin de brousse.

Il m'a aussitôt proposé un plan d'action :

— Je pense démonter le disque dur et le placer sur une autre machine. Qu'est-ce qui vous intéresse ?

— Sa boîte aux lettres électronique et les messages. Vous avez du taf, en ce moment ?

— Rien de bien important. Quelques ordonnances pour des incurables insolvables, comme d'habitude. Je n'infléchirai plus leur destin.

— Dans ce cas, imprimez-moi les messages des trois derniers mois. En essayant de repérer un truc suspect. Je vous quitte pour deux ou trois jours. Je vous appellerai.

— Je m'en occupe. S'il y a un truc qui m'intrigue, je vous hèle. Vous avez une idée de ce que je risque de trouver ?

— Pas la moindre. Lily est dans le fuel lourd jusqu'au cou. J'avance à l'allure décidée d'une aigrette mazoutée.

Victor a conclu qu'il ferait son possible, je l'ai apaisé en l'assurant que personne ne lui en voudrait s'il ne trouvait rien.

— Écoutez, le proprio de la bécane n'a probablement aucun rapport avec l'affaire qui m'intéresse, alors… C'est un peu comme une partie de pêche à la ligne dans la mer Morte. Normalement, on en rentre bredouille mais si on choppe un poiscaille, c'est l'info du siècle.

J'avais l'intention de retourner dans les Corbières. Deux ou trois détails me chiffonnaient, peut-être parviendrais-je enfin à tirer sur le bon fil. Phil m'a téléphoné pour venir au jus :

— Salut. Alors, t'as du nouveau ?

— Que dalle. Je n'ai toujours pas vu le jeune fils Renault. Je doute qu'il ne m'apporte des éléments. Même pas à l'enterrement de son père, le gamin. Apparemment, il s'est mis hors-jeu de la famille. Ah si, un truc, la veuve Renault est la maîtresse de son beauf.

Sifflet admiratif.

— Tu vois ! C'est pas négligeable. Tu devrais la cuisiner en menaçant de tout divulguer dans la presse à sensation. Peut-être qu'elle se mettra à table.

— À mon avis, elle s'en fout. C'est pas un crime, les lecteurs s'en balancent.

— Certainement. Mais les flics s'intéresseraient à elle.

— Et après ? Pour l'instant, je me fous qu'on l'emmerde. Je

veux retrouver Carayol. Si c'est réellement elle qui a commandité le meurtre, Hubert était au courant à coup sûr. Et comme ils ignorent où gîte Thomas, ils ne me seront d'aucune utilité. J'aurais simplement la satisfaction de connaître le mobile.

— Et si elle avait commandité le meurtre à l'insu de son amant ? C'était son frère, il aurait pu être contre !

— Admettons. Et tu penses qu'elle pourrait savoir où Carayol se planque et rester muette ? À mon avis, elle partage plutôt les craintes d'Hubert. Si Thomas bave, les éditions Renault vont avoir des soucis. Et elle, donc. Sa chevelure risque de reconquérir sa couleur naturelle.

On est restés silencieux. La mère Renault dissimulait-elle un projet pourri : l'intention d'hériter seule, par exemple ? Et donc la nécessité de buter son amant après son mari. Les fils, elle aviserait plus tard. D'ailleurs, c'était peut-être l'unique raison de la démarche d'Hubert Renault. Il avait senti ou deviné quelque chose et vivait dans la trouille. Pourquoi ne pas s'en ouvrir aux flics, dans ce cas ? Toujours la crainte que Carayol se mette à table ? J'ai repris la conversation :

— Écoute, t'as raison. Vous aviez senti le truc pour Brigitte Renault. Elle avait un amant et pour des tenanciers de rade bas de gamme, vous n'êtes pas les derniers des cons. Aussi, je vais suivre vos conseils. Je la torture dès mon retour des Corbières.

On s'est séparés sur cette idée. Ma valoche était pleine lorsque le grelot a tinté. Hubert Renault. Il a appelé à l'instant où je vérifiais l'état du chargeur de mon soufflant. Je le prenais fréquemment, le calibre, mais j'hésitais toujours à le charger. Alors, selon l'humeur, il était une fois plein, une fois vide. Et comme je ne me souvenais jamais de son état antérieur, je le contrôlais à chaque fois. Pour oublier immédiatement. Si par hasard j'étais amenée à le brandir, je serais dans l'ignorance totale du résultat d'une pression sur la détente. Un bienheureux ou un clic piteux. Et une bienheureuse.

— Alors, du nouveau ?

— Rien.

Sur tes gardes, Lily. Faudrait pas qu'il se doute que tu lui as filé le train. J'ai embrayé sur Martin :

— Il me reste le plus jeune de vos neveux à rencontrer. Il fait quoi dans la vie ?

— Des petits boulots.

— Vous ne semblez pas l'apprécier.

— Je mentirais en prétendant l'inverse. Il a refusé toutes nos propositions. Il a travaillé deux jours ici. Deux jours à hurler sur les capitalistes, sur notre commerce… Les autres cadres ne le supportaient pas, son père n'a pas pu s'opposer à son départ. Depuis, il vivote. De toute façon, sa mère restait la seule à recevoir de ses nouvelles. Et encore, je crois qu'il y a bien longtemps qu'il n'a pas donné signe de vie. Il n'est pas chez lui ?

— Non. Il s'est tiré, il manque pas mal…

Tais-toi, Lily. Pas la peine de divulguer que tu as pénétré par effraction chez le neveu. Tu ignores qui fait quoi, dans ce micmac, alors prudence.

— Enfin, d'après ses voisins, il est absent depuis plusieurs jours. Moi, je repars dans les Corbières. Si au retour je n'ai pas plus d'infos, je vous proposerai d'interrompre le contrat.

Hubert n'a pas donné le sentiment d'adhérer à ma proposition.

— Écoutez, on verra. On peut éventuellement vous mettre en stand-by, quitte à reprendre l'enquête au premier élément fourni par les flics.

— C'est une possibilité. Ne préjugeons pas de l'avenir. Mes nouvelles investigations dans les Corbières seront, espérons-le, fructueuses.

Une question a fusé sans contrôle. Une improvisation de dernière seconde. Non censurée par l'hémisphère gauche, celui de la rationalité et des convenances.

— Yves savait que vous étiez l'amant de sa femme ?

Le téléphone a chômé un instant. Un instant qui a semblé long. La censure s'est aperçue qu'elle avait été doublée et m'a engueulée : « T'es con, Lily, ça se dit pas, merde. Dès que je te laisse seule, tu fais des conneries. »

Hubert avait étudié chez les jésuites, dans sa jeunesse. Les jésuites réputés pour répondre à une question par une autre question. Il a appliqué la règle :

— Comment l'avez-vous appris ?

De mon côté, c'est surtout l'expérience qui me conduisait à éviter de dévoiler mes sources. Je suis restée évasive :

— C'est mon métier.

— Alors, je ne partirai pas dans des dénégations inutiles. Pour vous répondre, officiellement, Yves ne savait pas. Je n'ai pas de certitude. On a tout fait pour rester discrets.

— Et les enfants ?

— Je vous fais une réponse identique. Brigitte ne tient pas à ébruiter notre liaison. En particulier vis-à-vis de notre entourage proche. Enfin, ce n'est pas impossible que l'un d'entre eux s'en soit rendu compte.

— Ça fait longtemps ?

« Lily, maintenant, ça suffit. Je t'ordonne de la fermer. »

« D'accord, après j'arrête. »

— Cinq ans.

Dame censure n'a pas eu besoin d'intervenir. J'avais les éléments que j'attendais.

Un dernier coup d'œil sur mes courriers électroniques. Pas de Juan-Manko. Par contre, deux messages me proposaient d'accroître la taille de mon pénis. De manière assez substantielle. Erreur de cible.

Chapitre XVIII

Ma Panhard sans Levassor modèle 17, à climatisation manuelle par ouverture des vitres, était au garage. Elle semblait ne plus vouloir le quitter et son dynamisme de grabataire m'avait contrainte à m'offrir un véhicule classique. Une berline bien connue par des bandits de grands chemins déterminés à me mettre en veilleuse. Aussi, j'ai décidé sur mes émoluments de louer un autre véhicule. Un modèle anonyme. Plus pratique pour foncer dans les Corbières et s'y mouvoir sans emmerdes. Départ six heures du mat', petite bouffe à Brive-la-Gaillarde, porte du midi, et arrivée dans les gorges de l'Orbieu en début de soirée. Achat de *La Dépêche* qui indiquait l'identification des trois derniers disparus. Seule, la victime de Carayol demeurait inconnue. La rencontre Lézignan XIII-Pia, finalement disputée sur le terrain de Pia s'était soldée par la victoire des Audois. Après cette courte lecture, j'ai foncé au domicile de Schéhérazade. Toujours sur mes gardes, au cas où les cinglés en Zorro remettraient le couvert. Personne.

La jeune fille m'a reçue, prostrée sur son canapé. Schéhérazade m'a résumé sa situation : glissement progressif vers la solitude, et vers la pauvreté.

La famille Run venait de lui signifier son congé. La « campagne » allait être vendue, plus besoin de l'entretenir. Et hop ! une moitié d'un revenu déjà étriqué qui s'enfuit. Moins les émoluments de Thomas, il ne lui restait plus assez pour son loyer. L'avenir se présente par le siège des créanciers. À moins de vingt-cinq ans. Aladin est attendu dans les parages.

Schéhérazade envisageait de quitter la vallée et de s'installer provisoirement chez une cousine éloignée. Sa famille proche, pas la peine d'y penser.

— Mon père et mes frères me prennent pour une... Je ne dis pas le mot. Ma mère n'aura pas la force de me défendre. J'ai seulement une cousine à Narbonne qui peut m'héberger temporairement. Je crois que je vais m'installer chez elle. Pas longtemps, ils sont déjà cinq dans un trois-pièces. Je chercherai du travail en ville. Je trouverai peut-être. Pour faire de l'entretien dans des sociétés, par exemple. Ici, le climat est trop pourri. Plus personne ne m'adresse la parole.

Elle a formulé son projet sur un ton uniforme. Pas d'enthousiasme. Elle devinait déjà le boulot, de nuit, lorsque les boîtes sont fermées et vides, le canapé chez la cousine, sans intimité. Et Thomas, absent mais vivant, en filigrane de toutes les projections. Ou en taule à perpète. Elle s'est mise à chialer. En plus de ses emmerdements financiers à court terme, un autre problème s'était greffé aux précédents :

— Thomas m'a appelé.

— Merde ! Quand ?

— Cet après-midi.

— D'où ?

Elle l'ignorait. Juste un appel très bref, une voix étouffée qui éructe « c'est moi » et un clic indiquant la fin de la conversation.

— Vous avez prévenu la police ?

— Pas encore.

Schéhérazade hésitait : balancer son copain ou tenter de le protéger. Il y a quelques jours, elle m'avait sollicitée pour retrouver son ami et lui demander de se rendre. De là à le donner elle-même à la police, il y avait un monde. Je tombais bien, elle avait besoin d'un conseil. Je n'ai pas hésité :

— Il faut joindre les flics. N'ayez pas de scrupules, vous êtes sur écoute, c'est évident. L'appel de Thomas a été enregistré, j'en suis certaine. En leur disant la vérité, vous leur prouvez que vous êtes de bonne foi. Dépêchez-vous, si vous attendez, vous laissez entendre que vous le protégez et vous risquez d'être coffrée pour complicité.

— Mais s'ils n'étaient pas au courant ?

— Aucune chance. Je vous accompagne. Je pense qu'il a déjà été localisé.

On s'est rendues chez les flics, à la gendarmerie de Lézignan en charge de l'enquête. En sortant de l'appartement de Schéhérazade, j'ai observé les alentours. Toujours personne. Les sbires en cagoule avaient perdu ma trace. Où ne pistaient plus, persuadés d'être face à une nana obéissante.

Lézignan, gros bourg à mi-chemin de Carcassonne et Narbonne. Construit au cœur de la plaine viticole entre les reliefs du Minervois et ceux des Corbières. La zone avait durant le siècle précédent fourni les degrés alcooliques nécessaires au monde du travail de force. Le pichet passé de mode, désormais, la ville somnolait.

Elle somnolait et séchait peu à peu. Quelques lagunes l'entouraient encore, des lotissements entiers demeuraient inhabitables mais la gendarmerie était opérationnelle.

Il était tard, le boss gravitait dans son appartement de fonction et dînait tranquille en famille. Il s'est pointé la serviette autour du cou et des mies de pain dans la barbe. Il m'a d'abord demandé de justifier ma présence. Pour Schéhérazade, j'étais journaliste. J'ai confirmé pour le flic :

— Je couvre l'affaire Run pour la presse parisienne. J'ai rencontré mademoiselle à cette occasion. J'essaie de l'aider un peu, elle est seule. Si vous m'autorisez à rester…

Le lieutenant Yvon Le Garrec s'occupait à s'essuyer la bouche et a considéré que je n'étais pas gênante. Il a pris la déposition puis a conclu par un petit sermon :

— Nous avons intercepté le coup de fil cet après-midi.

Monsieur Carayol est en Bretagne. Tout près de mon lieu de naissance, coïncidence. Les barrages de police sont en place, il a peu de chances d'y échapper sauf à rester terré dans son coin. Mademoiselle, admettez que si nous n'avions pas pris la précaution de vous placer sur écoute, le délai de trois heures qui sépare l'appel de votre ami de cette confession eût été très préjudiciable. Suffisant pour qu'un juge d'instruction ouvre une information pour complicité.

Schéhérazade s'est effondrée. Le gendarme immobile tentait d'extirper à l'aide de sa langue une fibre de bidoche à bouillir coincée entre deux ratiches. Sans succès. Je l'ai fixé d'un regard réprobateur accompagné d'une remarque romantique :

— Vous auriez, vous, à vingt-cinq ans, balancé spontanément la personne que vous aimiez ? Détruit en une minute un amour que vous imaginiez éternel ?

Le romantisme n'étant toujours pas intégré dans le manuel du gendarme, l'homme m'a rétorqué :

— À vingt-cinq ans je ne fréquentais pas de double meurtrier.

J'ai fayoté :

— Bien entendu, je vous l'accorde. Je voulais simplement vous éclairer sur son hésitation passagère. Cela ne se reproduira pas.

Schéhérazade s'est également confondue en excuses. Le flic lui avait mis les foies, la prochaine fois elle préviendrait immédiatement, le but était atteint. Précaution inutile, les roussins disposaient d'écoutes qui les connectaient à Thomas en temps réel. Mais la petite était à genoux, obéissante comme une citoyenne exemplaire. L'Ordre Public serait maintenu au fond de la vallée de l'Orbieu.

Le Garrec a demandé, sans conviction :

— Votre ami avait des relations en Bretagne ?

Selon Schéhérazade Ghali, Thomas n'avait jamais posé l'orteil en Bretagne. Il semblait désormais fuir au hasard.

Le roussin aspirait à nous congédier et à achever son pot-au-feu mais il possédait divers renseignements dont j'avais besoin. Comme les sanglots de Schéhérazade nécessitaient un brin de toilette, la petite est sortie, me laissant aux prises avec mon Lieutenant.

La gamberge a pris le pouvoir. Un coup d'état immédiat, en douceur pour commencer :

— Vous savez, je vous comprends. On ne peut pas la laisser protéger un double meurtrier. Mais, franchement, elle est dépassée par les événements. Concevez tout de même qu'elle soit écartelée entre l'idée de prolonger son espoir de vivre un jour avec Thomas et celle de changer définitivement de chemin. Et puis, penser qu'on a partagé durant trois ans la vie d'un homme capable de tuer par deux fois, ce n'est pas évident à admettre. Comme de le donner à la police.

Dans les yeux bleu antarctique du lieutenant, au-delà des berges un peu frisquettes, j'ai perçu comme un zeste d'humanité doublé de la conviction que la petite Ghali était innocente. Il me l'a confirmé :

— Je pense qu'elle ne sait rien. Effectivement, ces atermoiements sont compréhensibles, je me mets à sa place. Attention, je la couvre pour cette fois mais c'est son droit à l'erreur. Si le juge d'instruction l'apprend, il ne va pas me féliciter. Alors essayez de la convaincre de collaborer.

Il y avait longtemps qu'un flic ne m'avait pas laissé une bonne impression. Surtout un flic interrompu au milieu d'un pot-au-feu. J'ai embrayé :

— Pour mon article, j'aurais besoin de deux ou trois renseignements. Non confidentiels, cela va de soi.

Il a estimé qu'en me larguant en vitesse de menues infos il se replongerait sans tarder dans son bouillon et m'a refilé les adresses que je désirais : en premier lieu, celle du garage où je pourrais observer la caisse de Thomas, ensuite celle de la morgue de Carcassonne où gisait le cadavre du quidam assassiné au bord de la route et enfin les coordonnées du restaurateur du Boulou, près de la frontière espagnole. Le dernier être vivant identifié ayant palabré de visu avec Thomas Carayol. L'homme qui a vu l'homme. Qui serait susceptible de me détailler le menu d'un type qui vient d'abréger l'existence de deux congénères.

Une info essentielle. Il a terminé en me souhaitant bonne chance. Les crues l'avaient un peu distrait de son rôle dans cette affaire criminelle, si j'étais plus rapide que lui, il ne m'en voudrait pas. Vraiment, un bon flic, sous des dehors un peu sauvages.

Chapitre XIX

Schéhérazade m'a hébergée sur son canapé convertible. Elle a apprécié de rompre sa solitude. Au petit matin, Thomas a appelé. Conversation limitée, comme la veille, un « c'est moi » étouffé qui signifiait « je pense à toi » voire même « je t'aime ». Seconde erreur du fugitif. La fin est proche, les nerfs lâchent, les fautes se multiplient.

Pour prouver notre volonté de collaborer, j'ai joint sans attendre mon lieutenant. Il a admis qu'ils avaient déjà l'info. Carayol flânait en Charente. À tout hasard, il a interrogé mademoiselle Ghali sur d'éventuelles relations de son copain dans cette région. Réponse négative, et confirmation: il erre au hasard. Thomas prolonge une trajectoire centripète qui l'a conduit de Budapest à Angoulême en passant par Brest et le ramène doucement vers le département de l'Aude.

Les barrages des flics n'étaient pas très efficaces mais le poulet restait confiant: le fuyard revient vers la niche et se fera coincer dès qu'il mettra les pieds dans le Onze. À cet instant, les dépositions afflueront, les gens du coin ont enregistré sa tête en parcourant *La Dépêche* jour après jour. Tous les passants hèleront la flicaille dès qu'ils apercevront un orteil de Carayol.

Pensez-donc, le péquin qui donnera la bonne info ornera la une du canard. Les témoins d'un jour vont donc s'étriper pour une parcelle fugace de notoriété. La concurrence sera rude mais engendrera un regain d'esprit civique fort louable.

En attendant, j'ai un emploi du temps chargé. Première visite : le garagiste, détenteur de l'auto de Thomas. Un méridional jovial qui émergeait du surmenage : après l'effervescence liée aux orages, sa charge de travail réintégrait la normalité.

— Entre les bagnoles accidentées et noyées, boudu, on a vécu un enfer. C'est pas terminé mais ça se calme. Il me reste quelques épaves en attente d'expertise. Venez voir.

Derrière le garage, sur un grand parking en terre battue, s'amoncelaient une vingtaine de bagnoles sans lendemain.

— Il y a celle de l'assassin, là-dedans ?

— Non, non. Celle de l'assassin, elle est dans le lot des récupérables. Par ici.

Je l'ai suivi. Il m'a désigné une Clio grise, l'aile droite enfoncée.

— C'est vous qui l'avez remorquée ?

— Oui. Elle gisait au fond d'une cuvette, coincée entre deux arbres. À côté d'une petite route. Pas tellement cabossée. Mon arpète a démonté le moteur, et l'a nettoyé à fond, elle était pleine de terre. Il a tout remis en place et elle est repartie. Boudu, il est resté au moins deux jours dessus. Les flics étaient d'accord pour qu'on la répare, j'ai pensé que le propriétaire ne la réclamerait pas et que si le jeune faisait une cagade, c'était pas grave. Il s'est bien démerdé, dès qu'il a remis les « gass », elle a tourné comme une horloge. La chemise n'est même pas rayée. Sinon, vous imaginez…

Non, j'imaginais pas. J'imaginais parfaitement la chemise rayée du chauffeur mais pas celle du moulin. Le mécano m'a expliqué que lorsqu'un grain de sable raye la chemise, il s'ensuit des défauts d'étanchéité et donc, « évidemment, vous vous en doutez » des pertes de pression voire des fuites d'huile vers l'essence. À terme « le coulage de bielle assuré ». Alors qu'auparavant, il était en parfait état, ce moulin.

Le garagiste m'intéressait, du moins ses propos. Si la panne était survenue avant que la caisse ne soit poussée dans la rivière, cela signifiait que Thomas avait eu un souci fortuit. Arrêté sur le bord de la route, il avait improvisé le second crime. Il n'était qu'un assassin de circonstance et se perdrait rapidement. Dans le cas contraire, sa bagnole était saine et il l'avait volontairement stoppée. Dans l'objectif d'intercepter un automobiliste pour lui tirer sa bagnole. Sa fuite était très organisée et on n'était pas près de le cueillir. Le mécano pouvait m'aider :

— Vous voulez dire qu'elle n'était pas en panne, la voiture ?

— Que si, boudu. Complètement noyée. Elle a avalé une de ces quantité de flotte, que même une bonite, ça l'aurait rendue malade.

— Elle était pas en panne avant d'aller dans l'eau, je veux dire.

— Comment voulez-vous que je le sache ? On n'a pas retrouvé la boîte noire.

J'ai souri. Il me déridait et j'avais besoin de ses lumières. Je l'ai encore interrogé :

— Si après l'avoir nettoyée elle est repartie, c'est qu'elle n'était pas en panne avant d'être emportée par la rivière, non ?

— Oui. Enfin, sauf si elle s'est noyée sur la route.

— C'est possible ?

— Oui. Si le ventilo a envoyé de la flotte sur les bougies. Par exemple si le gars a roulé trop vite dans les flaques d'eau géantes qu'il a traversées. Ce jour-là, les routes, elles ressemblaient au canal du Midi. On aurait pu traverser le département en péniche.

— Il roulait sur une petite route. Difficile d'avancer vite, surtout par ce temps. Dites-moi, est-ce qu'on peut connaître précisément la cause de la noyade des bougies ?

— Ben oui, c'est l'eau.

— D'accord, j'avais compris. Je voulais dire : est-ce que c'est le ventilateur ou bien la plongée dans la rivière ?

— Diable ! J'en sais rien du tout. Et personne ne pourra vous le dire. Dites, c'est un légiste qu'il vous faut, pas un garagiste !

L'homme n'était pas en mesure de conclure. Toujours l'incertitude. On a devisé deux minutes et j'ai pris congé.

Bien qu'un peu bavard, le contenant n'avait pas livré de secret. Peut-être que le contenu… Je voulais rencontrer un vrai légiste cette fois.

Une telle motivation pour entrer dans une morgue pourrait s'apparenter à une pathologie. Je me soignerais plus tard. J'exagère, j'ai pas eu tellement besoin d'insister, on m'a accueillie à bras ouverts à la morgue de Carcassonne.

A priori, les keufs n'avaient guère de raison de me laisser visiter les lieux. Pour le tourisme, la Cité et les écluses du canal prévalaient sur une revue de cadavres. J'ai donc déclaré à la police être à la recherche de mon mari. Parti acheter des clopes au coin de la rue il y a quinze jours, pas revu depuis. Il pourrait être le dernier disparu de l'Aude non identifié : le corps retrouvé trucidé dans l'automobile de Thomas Carayol. Et par conséquent, les flics, tout contents d'être sur le point de coller un blaze à cet anonyme m'ont ouvert les portes des Enfers.

J'ai différé mon repas, sucé un bonbon à la menthe et suivi le légiste qui m'accompagnait pour la visite. Le type était très doux, il parlait à une future veuve. Le cadavre reposait au sous-sol de l'hôpital, dûment scellé afin d'éviter toute fuite. Le corps, couché sur un brancard à roulettes, a été extirpé d'une armoire frigorifique. On a soulevé un drap et sa tête m'est apparue. Si on peut encore parler de tête.

— Six coups de fusil à moins de vingt centimètres. Un effort considérable pour le défigurer. Aucun signe particulier.

Mes yeux alternaient entre le mur d'en face et la tête du macchabée. Inconnu au bataillon ou du moins tellement abîmé. Pas besoin de le dévisager deux plombes pour piger qu'il n'était pas identifiable. Le bas du visage était moins atteint. Juste une trace de plomb au centre du menton, pour le reste… J'ai admis, comme à regrets :

— Je crois pas. Franchement, ça m'étonnerait. Il avait des affaires sur lui ?

— Oui, c'est la gendarmerie de Lézignan qui les a gardées.

Mon lieutenant ! Dommage, il aurait pu me les montrer.

Le gardien des morts a continué :

— Avant que je le renvoie au frigo : un coup d'œil sur le reste du corps, peut-être que... c'est utile, parfois.

J'ai acquiescé. Je ne connaissais pas plus le reste de son corps. De toute façon, seul celui de Juan-Manko encombrait encore mes méninges. Il en avait chassé les autres. Pas de doute, la couleur jaune pâle verdâtre ne correspondait pas à l'Inca. Encore un projet de monochrome à bâtir. À gerber, celui-là.

— Rien qui vous rappelle quelque chose ? Il est vrai que le séjour dans l'eau a transformé la peau. Vous voulez que je le retourne ?

— Non, merci. Il n'a plus une couleur humaine, c'est horrible. Quand même, si c'était lui, je l'aurais reconnu.

— C'est mieux comme ça, non ?

J'ai admis :

— Oui. Je reprends espoir.

On est sorti des Enfers et le flic m'a suggéré de me rendre à Lézignan.

— Je les appelle, si vous voulez. Finalement, ses affaires personnelles seront peut-être plus parlantes.

— Inutile de téléphoner, j'ai fait. J'en sors, ils me connaissent. Comme l'accident s'est produit par là-bas, je les ai interrogés en premier. Ils m'ont informée que le cadavre était ici. Je n'ai pas pensé à leur demander de voir les affaires du défunt.

J'avais menti aux deux bourres. L'un me croyait journaliste, l'autre femme délaissée, autant qu'ils ne communiquent pas entre eux et qu'ils n'effectuent point de rapprochement entre ces deux fouineuses.

— Si vous voulez, si le doute subsiste, on peut analyser la formule dentaire. La mâchoire inférieure est en assez bon état. Et après, l'ADN, si vous avez des enfants ou s'il a des parents.

— On n'a pas d'enfants et ses parents sont morts. Je vais regarder les objets stockés à la gendarmerie de Lézignan. Si c'est lui, il y en a bien un qui me sautera aux yeux. Mais si ce n'est pas lui ? Dites, vous allez me le rechercher, mon mari ?

— La seule solution, c'est d'entamer une recherche dans l'intérêt des familles.

J'ai feint le soulagement :

— D'accord, je vous remercie. Je vous tiens au courant. Excusez-moi, vous n'auriez pas un peu d'eau ?

La séance commençait à produire son effet. Le type m'a refilé un peu d'alcool de menthe sur un bout de sucre. Je n'en étais pas à ma première horreur mais ce tableau-là se classerait parmi les vrais chefs-d'œuvre. Courons vite sous d'autres cieux. Chez mon lieutenant par exemple qui peut me montrer les effets personnels du défunt. Un spectacle plus digeste.

J'ai roulé toutes vitres ouvertes afin de juguler la nausée. À la gendarmerie de Lézignan, le flic m'a reçue sans reliefs de bouffe dans les mâchoires. Il a été un peu surpris par ma sollicitation.

— Personne ne connaît ce mort, personne ne le réclame, vous attendez quoi de l'énumération des effets personnels retrouvés dans la voiture ?

— Moi, rien. Mes lecteurs en attendent le portrait d'un type normal de chez archétype. Un type comme eux, qui part sur la route, et se fait descendre par un fou. Et surtout, que ni ses proches, ni son employeur, ni un quelconque pote ne pensent à réclamer. Ça, c'est ce que les gens veulent. Quand l'anormal se mêle au banal. Le truc qui peut arriver à son voisin, qui fait qu'un jour, on passera à la télé pour dire : « Non, on n'avait rien vu de spécial, il était très poli. » Et pour gagner en crédibilité, je leur décrirai les objets de son quotidien.

Le Garrec m'a prise pour une cinglée, comme tous ces journaleux. Il m'a conduite dans l'arrière-cuisine et a sorti d'un plastique l'ensemble des objets récupérés dans le coffre de la voiture et sur le mort. Des nippes classiques, pas de papiers naturellement, mais une foule de babioles hétéroclites. Une calculette asphyxiée, une montre, une trousse de toilette garnie, un canif, un coupe-ongles, un GPS portable mais hors d'usage donc amnésique, une chaîne en or soutenant une dent de requin, un briquet, un paquet de clopes entamé et délité par la flotte, des cartes routières illisibles et un raton-laveur. Le nécessaire du représentant de commerce en goguette. Pas de valise ni de sac de voyage, le meurtrier s'était ingénié à les éliminer.

— Voilà. Je ne sors rien des poches. On touche avec les yeux.

Les poches, dans la région, c'étaient des sachets en plastique. Le Garrec s'était converti au parler local.

— On pense qu'il était VRP, un truc comme ça, à cause de la calculette. On a contacté toutes les boîtes de la région, envoyé des mails et des fax dans la France entière, rien. Pas un patron qui ne se soit plaint d'avoir perdu un salarié. Peut-être qu'il était à son compte. Il n'est pas sur le fichier des empreintes, il n'a donc jamais eu à faire à la justice. Quand à la famille, personne ne s'est manifesté. Le travail de fourmi commence : tous les disparus à répertorier, recouper les infos et entreprendre des analyses ADN. Si sa disparition a été signalée, on l'identifiera un jour, sinon…

Le téléphone a sonné, le lieutenant s'est éloigné. J'ai sorti un objet de sa poche : le canif. Difficile de le manipuler du bout des ongles sans y laisser les traces de mes paluches. J'ai gratté le limon collé dessus. J'ai déplié la lame et j'ai enregistré le numéro gravé sur l'acier. « Ma vieille, ou tu pars dans la romance, ou alors, c'est un sacré sac de nœuds. Et il est pas encore démêlé. »

Le flic est revenu, et a trouvé sa cliente les bras croisés dans le dos. Le canif roupillait dans sa poche, les poussières de sable qu'il avait oublié sur la table gisaient sur le carrelage, expulsées d'un revers de main.

— Alors, vous avez une inspiration ?

— Pas plus que ça mais le lecteur appréciera. Demain, dès qu'il fourrera sa calculette dans son sac, il pensera à ce quidam perdu à tout jamais. Il balisera un peu et rachètera le canard suivant en espérant connaître le dénouement. Je vais leur brosser un portrait de la victime. Un commercial, seul, un travailleur solitaire qui n'a pas eu trop de chance dans sa vie, sans famille, sans amis. Tout colle. Ça plaira.

C'était l'opinion des flics. Pas la mienne, ou du moins plus maintenant. Mais ma nouvelle hypothèse ne me conduisait pas vers Carayol. Les flics risquaient fort de le choper rapidement, désormais. On présumait un dernier coup de fil, dans la région de Toulouse et enfin le retour au bercail suivi de son arrestation. Une question d'heures.

Chapitre XX

Encore du turbin en perspective. Deux visites de routine, ensuite retour à Paris et vérification de mon hypothèse. Les flics, si je leur donnais mon info, seraient en mesure de me la confirmer. Mais dans ce cas, ils mèneraient la danse et c'était encore beaucoup trop tôt. Lily, et si Carayol tue encore ? Tu n'as pas l'impression que tu en serais un peu responsable ? Non. Il ne tuera plus. Sauf les flics qui voudront l'arrêter. Et je ne pourrai pas l'éviter. J'accepte le risque. D'autant plus aisé que personnellement, je ne risque rien. Franchement, Lily, je ne sais pas si on va rester copines longtemps.

Et les cagoulés ? Aux oubliettes depuis plusieurs jours. Pas banal pour des types coutumiers des présentations sportives. S'ils se décident à dérouiller leurs flingues ? Et ceux-là, leur cible favorite pourrait bien se nommer Lily Verdine. Mais comme elle a eu l'à-propos de changer de tire, ils ne sont pas prêts de la serrer.

Quoi qu'il en soit, là aussi, je prends le risque. Je veux savoir.

Mon hypothèse modifie ma vision de l'enquête mais ne me guide toujours pas vers Thomas qui par ailleurs est moralement épuisé, et qui va tomber dans les bras velus de Poulaga. Je n'ai guère de chances de remplir ma mission. Pourquoi continuer, alors ? Un pressentiment : les poulets semblaient capables de choper le meurtrier sans démêler tous les aspects de l'affaire. Le mobile, en particulier. Et puis désormais, une autre victime m'intéressait.

J'avais mon idée afin de progresser : visiter la turne d'Yves Renault, accompagnée de Schéhérazade. Selon la presse, les flics avaient enlevé les scellés. La petite connaissait parfaitement la baraque ; elle était l'unique personne capable de me dire si certains objets avaient disparu, par exemple. Je l'ai illico sollicitée :

— Schéhérazade, je pourrais visiter la maison de Run, avec vous ?

La jeune femme possédait les clés, mais semblait réfractaire à l'idée de rentrer chez le dessinateur. Je la comprenais.

— On sera toutes les deux. Vous connaissez l'endroit, peut-être y découvrirez-vous un élément inhabituel.

Schéhérazade hésitait. Elle balisait également : pas envie qu'on nous surprenne. Hubert Renault devait récupérer son double de clés lors d'un prochain passage. Il ne lui avait pas expressément demandé de ne plus se rendre dans le mas de son frère, mais cela revenait au même. Malgré tout, elle a fini par accepter.

Les bâtisses d'Yves Renault séchaient. Les chemins, en particulier. Seules les ornières durcies témoignaient des pluies récentes. Le cheval avait disparu.

— Qu'est-ce qu'il est devenu, le cheval ?

— Monsieur Renault a demandé à un paysan proche de le soigner. Il compte le vendre, aussi. Dommage, je l'aimais bien, cet animal.

Schéhérazade a ouvert la porte et les volets. On a procédé à une observation minutieuse de toutes les pièces. En passant devant la porte de la cave, j'ai hésité un instant. Pourquoi pas un vieux Bordeaux, pour midi ? Et puis, j'ai pensé que Schéhérazade n'apprécierait pas. Le cœur prohibait la picole.

— Rien ne manque ?

— Non, rien. Je ne vois pas. Ce n'était pas la peine de venir.

Sous-entendu, la visite m'a surtout collé un bourdon d'enfer.

— Désolée. J'espérais que quelque chose aurait disparu et nous donnerait un bout de mobile. Allez, on rentre.

Demain, j'irai au Boulou. Ensuite, je rentrerai certainement à Paris, sans revoir Schéhérazade. On a passé notre ultime soirée ensemble. Elle s'est confiée. Sa décision était claire : quitter le village et s'installer à Narbonne. Au début chez sa cousine. Par la suite, elle aviserait. L'important était de trouver très vite un boulot. Son idylle avec Thomas s'enfouissait doucement dans sa mémoire. À Narbonne, au moins, même si ce n'était pas loin et si les gens avaient suivi l'histoire, elle était inconnue. Ici, elle resterait « la petite amie du tueur ». Et en plus, le taf se faisait rare. Les propriétaires de gîte qui employaient des femmes de ménage hésiteraient à l'embaucher. Une femme d'assassin ! Au mieux une dizaine d'heures par semaine chez des proprios à l'esprit un peu large, durant à peine deux mois par an, autant dire une condamnation à l'indigence. Le week-end prochain, elle déménageait.

— Je garderai les affaires de Thomas. Je les mettrai dans la cave de ma cousine.

Surtout les maintenir à distance. Ne pas les sentir proches, les apercevoir et piquer une crise de larmes tous les matins. Je sentais Schéhérazade en train de tourner la page. Certes, si Thomas était arrêté, elle s'imposerait quelques visites en prison au début. Ensuite, elle lui signifierait qu'elle n'avait rien à battre avec un assassin.

En fin de soirée, alors qu'on était prêtes à se coucher, le téléphone a sonné. Thomas, justement. Schéhérazade a joint les flics sans attendre. Ils nous ont confirmé la présence du fugitif à Marvejols, un bled de Lozère. Il s'approchait. On s'est endormies peu après et je me suis levée à l'aube, objectif « Le Boulou ».

Une heure de trajet afin d'atteindre ce petit patelin, le dernier avant la frontière espagnole. L'autoroute contourne les Corbières par l'Est et s'approche de la mer. De Fitou au fort de

Salses, il longe l'étang de Leucate. Jolie vue aux aurores. Le soleil irradie les eaux plates de la lagune. Celle-ci s'éteint doucement entre des roseaux et des cabanes de pêcheur. Au loin, le cordon littoral et au-delà la mer. Les immondes bâtisses modernes, construites en bordure de plage, sont converties en taches floues par la fougue du levant. Heureusement.

J'étais presque seule à profiter du paysage, ce matin-là. L'hiver arrive, les touristes fuient. Perpignan s'éveillait à ma gauche, le Canigou étincelait à ma droite. Déjà de la neige en ce début de saison hivernale. La capitale du Roussillon peut singer Tokyo au pied de son Fuji sacré.

Le Boulou. Petite ville thermale, au bas du col du Perthus. Au Boulou, on prend les eaux, au Perthus, on prend l'alcool. Les Français s'y déplacent en nombre pour remplir leurs caisses de pastaga et autres spiritueux. Ils ne s'arrêtent pas au Boulou.

Ultime étape du meurtrier avant son départ en Hongrie. Le restaurant où il a bouffé perchait en plein centre-ville, à côté d'un cybercafé. Idéal pour consulter mes mails. Juan-Manko, toujours aux abonnés absents. Un message de Victor. Il voulait me parler. Sûrement à propos de ses recherches sur Martin Renault.

L'homme qui avait vu l'homme était une femme. La patronne restauratrice, madame Roselyne Marty. Elle se souvenait parfaitement de Thomas Carayol. Un des quatre clients de ce soir de semaine automnal. Il pleuvait fort sur Le Boulou, les gens étaient chez eux, les voyageurs à l'abri. Carayol occupait une petite table, près de l'entrée. Sa tête ne s'était pas inscrite dans son cerveau mais les portraits-robots de journaux lui avaient rendu la mémoire. Difficile d'être affirmative, cependant, on ne dévisage pas les clients. Les fringues correspondaient, elle l'affirmait. Décrites spontanément à la police. Avant de connaître les détails fournis par Schéhérazade. La jeune fille avait vu son compagnon partir le matin vêtu d'un jean et d'une veste à carreaux rouge et noir en feutre épais. Des trucs de paysan. La patronne confirmait l'aspect de ses nippes. La stature de Carayol constituait un second signe distinctif. Là-dessus, la dame n'hésitait pas.

— Un type à l'allure de paysan, c'est vrai. Et surtout très costaud. Style joueur de rugby.

— Et de quoi vous avez parlé ?

— De rien en particulier. De la météo. Il plaisantait beaucoup.

Madame Marty a été un peu surprise que je m'intéresse à son repas. Du reste, elle ne l'avait pas gardé en mémoire. Il avait demandé la carte des vins et commandé une bonne bouteille de rouge, du Bourgogne assez cher, c'était son seul souvenir. Une demi-bouteille parce qu'il conduisait.

Un beau salaud, ce Carayol. Capable de plaisanter à peine quelques heures après avoir massacré deux personnes. Et de se taper un bon pinard. Comment Schéhérazade avait-elle pu partager sa vie, ne serait-ce que trois ans ?

— Et alors un accent ! Voilà, madame, c'est tout ce que je peux vous dire.

Rien de plus étonnant : Thomas, né à dix lieues de Carcassonne, n'avait jamais quitté la région. Normal, qu'il parle comme dans son terroir. Énième interrogatoire sans résultat. J'en ai profité pour me restaurer afin de me convaincre que le déplacement n'avait pas été inutile. Roselyne Marty m'a offert l'apéro à la régalade. Une lichée de Banyuls, envoyée direct du porro, la bouteille idoine, jusqu'au fond du gosier. Quelques gouttes dans le cou, pas plus, la patronne m'a félicitée pour ma dextérité.

En sortant de l'auberge, j'ai appelé Victor. Absent. J'ai regagné l'autoroute et rappelé trois fois en deux heures. Habituellement, il recevait des malades dans la journée, il ne s'absentait guère. Parfois, quand il s'ennuyait, il s'éloignait pour se distraire à Fontainebleau, en forêt. Tant pis, je me suis dit que je le verrais le soir ou, si j'arrivais trop tard, le lendemain. De toute façon, les infos du toubib concernaient Martin Renault. La partie parisienne de mon enquête. Autant être sur place. Et pour vérifier mon hypothèse qui devient certitude à mesure que je franchis les collines du Massif central, c'est dans la capitale que ça se passe.

Je suis arrivée à Paris vers dix heures du soir. Une heure encore décente pour déranger Victor. Il m'a offert un petit en-cas, tandis qu'il m'informait de ses recherches. J'étais un peu admirative : à soixante-dix ans, il était parvenu à se brancher sur les techniques informatiques. Alors que je craignais encore d'appuyer sur le bouton « power », le toubib montait des microprocesseurs, tripatouillait des disques durs, gonflait des mémoires, bidouillait les drivers, les fichiers système, téléchargeait des tas de logiciels avec une belle aisance. C'était à peine si je le comprenais lorsqu'il me décrivait ses manipulations.

— Alors ?

— Première chose, Lily, si un ordinateur ne se met pas en marche, c'est probablement qu'il y a un interrupteur supplémentaire. En inspectant autour de l'appareil, vous l'auriez vu et vous seriez parvenue à allumer la bécane. Je ne vous blâme pas, je m'en suis aperçu tardivement. J'avais déjà démonté le disque dur que j'ai lu sur une de mes bécanes.

Quelle cloche ! D'un autre côté, si j'étais parvenue à démarrer la bête seule, je n'aurais pas songé à utiliser Victor et l'analyse de l'ordinateur m'aurait pris un temps fou.

— Au-delà de cet aspect technique, vous avez autre chose à déclarer ?

— Un an de courrier électronique dépouillé. Le dernier message date de deux mois. Sinon, somme toute, assez peu de contacts différents. Un qui revient très souvent. Une association. La Croix de saint Pierre.

— Qu'est-ce qu'ils se racontent ?

— Des trucs mystiques. À pleurer. Un discours aux bases bibliques suivi d'une dérive sectaire. Mais vous savez que dans ce domaine, je suis intransigeant… J'ai même des difficultés à placer la frontière entre religion et secte. À part le nombre d'adeptes, je ne vois pas toujours la différence. Enfin, regardez vous-même, j'ai trié par date, messages envoyés, messages reçus…

Dix minutes de lecture. Depuis environ deux ans, Martin Renault conversait avec un groupe qui peu à peu l'incitait à le rejoindre. Où, ils ne le mentionnaient pas. Ils évoquaient un lieu qu'ils nommaient « le camp ». Martin y avait effectué des retraites puis, dans ses derniers échanges, on sentait qu'il projetait de s'y installer définitivement. Pour une vie meilleure, dans le respect et la dévotion envers le représentant terrestre du saint Apôtre, baptisé « le Disciple de Pierre » ou le Maître.

Au départ, Martin s'opposait. Les réponses mielleuses s'appuyaient sur des extraits tronqués de la Bible ou d'autres Écritures. Et surtout lui démontraient que sa vie n'était qu'une somme d'échecs. Il ne s'en sortirait que par un regain de spiritualité, aidé par d'autres coreligionnaires. Le Disciple de Pierre l'encadrerait et lui apporterait une sorte de salut sur terre.

— Écoutez ça, Victor : « Ta pensée ne trouvera sa plénitude que guidée par notre groupe. Oublie ton passé et accours. Renie ta vie antérieure et, de ce reniement, tu tireras ta force, comme Pierre a trouvé son salut après avoir renié le Christ. Notre porte est grand-ouverte à tous ceux qui cherchent des réponses. Le Disciple de Pierre en possède quelques-unes et ses travaux vont le conduire à la vérité. Vérité que lui seul saura t'offrir. » À vomir. Tout ce que j'exècre. La négation de la personnalité, l'adhésion sans retenue aux thèses fumeuses d'un individu dit supérieur.

Le toubib m'a répondu :

— Vous pensez comme moi ? Il est tombé dans une secte.

— Oui. Et malheureusement, je pense que sa chute ne s'est pas arrêtée là. Je le confirmerai demain matin. Par contre, je ne perçois pas le rapport avec Thomas Carayol.

— S'il n'y en avait aucun ?

— Maintenant, j'en serais étonnée. Il y a forcément un lien, même si je ne le vois pas. Si je m'écoutais, j'irais bien vérifier un détail tout de suite mais je suis crevée. Victor, l'ordinateur de Martin est en état ? Je dois le remettre à sa place.

— Je remonte le disque dur ?

— Non. Faut qu'on garde des preuves.

— Sans disque dur, l'ordi ne lui servira pas à grand-chose. Et je n'en ai pas en stock pour le remplacer.

J'ai murmuré dépitée :

— Là où il est, je doute qu'il ait besoin d'un ordinateur. Dites, Victor, si vous pouviez essayer de récolter le maximum de renseignements sur ces tarés. Grâce au Net, ça vous distraira.

Le toubib a accepté sa nouvelle mission. Sans rechigner.

Trois heures du matin, je n'avais pas sommeil. Juan-Manko errait toujours sur l'Altiplano sans se soucier de mézigue. Envie de sortir. La rue Henri Barbusse était à proximité. Pourquoi pas une petite balade afin de ranger l'ordinateur ? J'ai renoncé : la nuit, le pire moment pour la discrétion. Patience, Lily, demain, le Dieu-Soleil reviendra.

J'ai appelé Schéhérazade. La pauvre dormait, elle a dû croire à un coup de fil de Thomas. Ou à des flics lui annonçant sa reddition. Elle a décroché à la huitième sonnerie. Sa voix ensommeillée m'a répondu :

— Allô. Lily ?

Pas de reproches. Elle a ajouté pour me rassurer :

— Je ne dormais pas profondément.

J'ai eu une petite illumination, à ce moment-là. Schéhérazade était sur écoute et les flics n'avaient pas besoin d'être au jus. Vite, improviser un boniment et l'obliger à me rappeler d'une cabine, le lendemain.

— Dites, Schéhérazade. Vous pourriez retrouver un autoportrait de Thomas ? J'en avais vu un. Il illustrerait un article. Il faudrait me le faxer.

— Désolée, je n'ai pas de fax.

— Vous en trouverez un au bureau de poste de Lagrasse. Demain, à l'ouverture. Dès que vous y serez, appelez-moi pour que je branche mon appareil. J'attendrai votre coup de fil.

Schéhérazade n'a pas rétorqué. Elle avait une certaine confiance en moi.

Le café du matin a contribué à augmenter la tension. L'envie de courir rue Henri Barbusse. Mais auparavant, j'avais ce rendez-vous téléphonique avec la petite Ghali. Elle a appelé dès l'ouverture de la poste de Lagrasse.

— Je l'ai retrouvé.

— Merci, Schéhérazade. Je voulais surtout vous entretenir sans témoins. Dites-moi, Thomas, il ne vous a jamais parlé d'une secte. La Croix de saint Pierre, ça ne vous rappelle rien ?

Silence de l'autre côté, suivi d'une affirmation claire :

— Jamais entendu parler. Depuis trois ans, on n'a guère quitté le coin. Comment aurait-il pu fréquenter ces gens-là sans que je le sache ? Franchement, je suis surprise. Sauf s'il les connaissait d'avant mais vous savez, l'église, ce n'était pas trop son truc. Désolée, je ne peux pas vous aider.

— Ce n'est pas grave. Encore une fausse piste.

— Lily, comme j'ai eu du mal à me rendormir, cette nuit, je me suis souvenue d'un truc. Dans la maison de Run, il manquait une enclume.

— Ah non, je ne crois pas. Elle était dans la cheminée.

— Oui, mais auparavant, il y en avait deux. Une très grosse qui est toujours là et une moins grosse. Monsieur Renault s'y asseyait, près du feu, parfois. Le fer était chaud, il posait sa main paralysée dessus. Souvent, il me disait que ça lui faisait du bien. De son côté handicapé, il jurait qu'il ne ressentait plus que la douleur ou le froid. Cette deuxième enclume, elle a disparu. Mais, c'est certainement sans importance…

— Peut-être, peut-être pas, Schéhérazade. Pour l'instant je ne saisis pas le rapport. Merci.

Une enclume ! Diable ! En cette époque de miniaturisation, je percevais mal les services que pouvait encore rendre une enclume. Et son rôle dans cette affaire. À moins que l'enclume ne soit devenue un objet de culte pour les gogos de la Croix de saint Pierre.

Chapitre XXI

Une minute trente pour ouvrir l'appartement du petit Run. De mieux en mieux. Trop long tout de même, surtout pour une porte que je n'avais pas refermée lors de mon précédent passage. D'où la certitude qu'un quidam s'était pointé dans le secteur. Malgré tout, j'étais fort satisfaite d'être parvenue à entrer rapidement, d'autant que l'interphone m'avait bloquée une demiheure. Jusqu'à la sortie fortuite de Julie. Toujours en noir, en robe, cette fois, les cuisses bariolées de collants savamment percés. Moins déphasée que l'autre nuit. Elle ne m'a pas reconnue. Normal, elle ne m'avait jamais vraiment connue. Elle s'est écartée en me laissant entrer dans le hall et a souri discrètement. Assez toutefois pour constater qu'elle était très jolie et moins décharnée que sa copine au dauphin. Assez également pour admirer son ensemble harmonieux de piercings. Identiques à son pote : un entre les deux sourcils, un au centre du menton, deux à la commissure des lèvres et un cinquième sur la langue. La même forme de cerf-volant. Ça doit être ça, l'amour : la fusion des individus. Si Juan-Manko me demandait d'adopter sa couleur, j'accepterais illico. La fille semblait partir à la fac, avec une sacoche et des bouquins en bandoulière. Si ses pauvres parents savaient ce qu'elle trafique entre deux siestes en amphi, eux qui se saignent pour lui payer des études !

L'ordinateur a retrouvé sa place dans l'appartement. Ensuite, je me suis approchée de la collection d'Opinel avec une certaine anxiété. Il manquait le numéro huit. Celui que j'avais trouvé dans les affaires de l'inconnu noyé. L'inconnu ! Pour le reste du monde, plus pour Lily : Martin Renault.

Et l'info me donnait une longueur d'avance sur le reste du monde : on ne le cherchait pas. Sa famille s'était habituée à ses absences. Il était demeuré injoignable lors de la mort de son père. Peu importait, de toute façon, il ne se serait pas rendu aux obsèques.

Lily, un individu a été trouvé mort, et dans ses affaires le plus ordinaire des couteaux à lame pliable. Des millions d'individus rien qu'en France en possèdent un. Est-ce que l'absence de l'Opinel numéro huit dans la collection de Martin constitue une preuve suffisante pour décréter que le cadavre repêché dans l'Orbieu est celui du jeune Renault ?

Pour moi, oui. Bien sûr, l'identification définitive du corps par la famille lèverait les incertitudes. Mais elle me contraindrait à prévenir la maréchaussée, chose que je jugeais encore prématurée. Donc, motus et élevons cette hypothèse au rang de vérité.

Thomas a dessoudé le père et le fils Renault. Pourquoi ? Certains éléments commençaient à se remettre dans l'ordre. Une vision de l'affaire qui devait se rapprocher de la réalité. Première étape, Martin et Thomas avaient tué Yves ensemble. Probablement pour du fric, le mobile le plus courant. Je n'avais pas mieux. Ils avaient fui, chacun dans sa bagnole. Deuxième étape, Thomas s'était arrêté sur la route, avait proposé à Martin de pousser sa propre voiture dans la rivière. Ainsi, disparaissait momentanément, le temps d'attendre la décrue, un indice qui signalait son passage. La caisse du fils Renault, par contre, ne serait pas repérée : personne ne présumait son propriétaire dans le quartier, alors que celle de Thomas garnirait rapidement les avis de recherche des flics de toutes les campagnes, frontières et aéroports. Troisième étape, Thomas se débarrasse de son complice, la gestion des thunes, à deux, c'est toujours plus compliqué. Et puis, c'est un instable, le jeunot, capable de jacter tôt ou tard.

Après, la fugue éperdue qui semble maintenant le ramener à la niche. Et l'enclume, là-dedans ? Elle ne trouve pas sa place, évidemment, elle est plus encombrante que l'Opinel.

Victor m'attendait chez moi. Il venait au rapport. L'association « Croix de saint Pierre » était effectivement répertoriée parmi les sectes. Peu d'information, aucune coordonnées postales, juste une adresse électronique. Le fournisseur d'accès à Internet saurait les localiser, mais il faudrait être au moins flic pour l'interroger. Sinon, selon le Net, la congrégation était en veille depuis plusieurs années, mais sans preuves de dissolution. Pas de lien avec l'église officielle. Aucun doute, des débiles et à leur tête un gourou qui tirait les ficelles. Et Thomas là-dedans ? C'est ce qui perturbait Victor.

— Martin Renault a été recruté par une secte. Très bien. Comment vous insérez cette histoire dans celle de Thomas Carayol ?

— Victor, j'ai une info supplémentaire, Martin Renault a été abattu puis défiguré par Thomas Carayol. Thomas a tout mis en œuvre pour qu'on n'identifie pas le corps.

Le toubib s'est assis. Il n'y comprenait rien. Il m'a suggéré de tout lui raconter depuis le début.

— Si vous voulez que je sois d'une quelconque utilité, j'ai besoin d'être correctement affranchi.

Je lui ai servi une synthèse complète, avec les détails. Dont mon irruption par erreur chez les voisins de Martin. Juste pour nous détendre un peu.

— Afin de démystifier la super détective, je vous narre ma visite de l'appart à l'étage de Martin Renault. Je me suis gourée de crémerie ! Droite et gauche, il m'arrive encore d'hésiter ! En tout cas, même si l'enquête n'y a pas progressé, les gonzes valaient le déplacement.

La description des allumés a suivi. Victor m'a interrompue :

— Stop, Lily. Vous pouvez me dessiner les piercings du type que vous appelez Cox et de sa copine ?

J'ai chopé un crayon et j'ai tracé quatre points délimitant un cerf-volant et un cinquième, à la croisée des diagonales. Victor s'est levé, a fouillé dans sa bibliothèque et a tiré un livre sur la renaissance italienne. Il l'a feuilleté puis me l'a collé devant les yeux en m'éclairant :

— Regardez. *La Crucifixion de saint Pierre*, par Le Caravage. Vous ne remarquez rien ?

Dans un premier temps, j'ai lutté contre l'idée que mon pote était devenu maboul. Ensuite, j'ai observé le tableau. Il représentait un groupe d'individus en train de soulever une croix. Sur la croix, un malheureux, saint Pierre, j'ai présumé. Une originalité : l'apôtre allait être placé la tête en bas.

— Si, bien sûr, je remarque quelque chose. Ils vont monter la croix à l'envers. Ils n'ont pas lu la notice ?

— Si, si. C'est un choix délibéré. Selon la tradition catholique, saint Pierre a demandé à être crucifié la tête en bas, car il ne se jugeait pas digne du Christ… Passez-moi votre dessin.

Le toubib a dessiné une croix en traçant les diagonales du cerf-volant. Une croix renversée, par rapport à la croix habituelle des crucifiés. La Croix de saint Pierre. La forme vaguement évoquée par les ferrailles des jeunots.

— Tous les jeunes que vous avez croisés dans cet appartement doivent appartenir à la secte. Martin, il les avait ces piercings ?

— Dans l'état où je l'ai vu, il ne les avait plus ! Et auparavant, on m'avait présenté des photos de lui assez lointaines et anciennes. Impossible de me prononcer. Par contre, maintenant que vous m'en parlez, il avait un trou sur le menton que j'ai pris pour une cicatrice des coups de feu. Le reste de sa quincaillerie a disparu dans l'Orbieu et dans la fusillade. J'ignore si Pierre était indigne du Seigneur, mais les enfoirés qui jouent à cette mascarade, ils vont être dignes d'un bon séjour à l'ombre !

— Dites, Lily. Si Carayol avait eu vent de l'existence de cette secte et s'y était réfugié ?

Victor m'offrait un peu d'espoir. L'espoir de tout piger et de serrer Thomas. Effectivement, il y serait au chaud, chez les croisés de saint Pierre. D'autre part, les gourous de ces débiles sectaires claquent souvent pas mal d'oseille. Et oui, ce sont des êtres humains ! D'où la subite attirance de Monsieur Carayol pour l'argent. On te protège, mais en échange de l'octroi.

Bien pensé, mon petit Thomas, à moins qu'une petite détective ne s'entête à te coffrer. Et cette fois, je bosse pour moi. Si je livre Carayol aux flics, Hubert Renault va fulminer et omettra mon pourliche. Pas grave, du moment que Thomas Carayol répond de ses actes devant la justice. En particulier du meurtre d'un innocent sur le bord de la route et de sa complicité avec une secte de malfaisants. Même s'il avoue au monde que le célèbre dessinateur Run n'a pas commis le moindre croquis depuis cinq piges.

Le toubib s'est interrogé à haute voix :

— Et maintenant, comment retrouver ces dingues ? À moins que vous ne préfériez attendre que les flics coffrent Carayol ?

— Certainement pas. Ils ne le trouveront pas, sauf si je leur refile mes tuyaux. À mon avis, ces coups de fil à Schéhérazade, c'est bidon. Un stratagème pour qu'on le localise dans des lieux où il ne reste pas. D'ici quelques jours, il se taira et on n'entendra plus parler de lui.

— Il deviendrait adepte de la Croix de saint Pierre ?

— Ça, c'est un peu curieux. Je pense plutôt qu'il s'y planquera, le temps de se fabriquer une identité.

— Je reste sceptique, Lily. Vu la somme modeste qu'il a fauchée à Run, il ne jouira pas tellement de son crime. Surtout s'il balance une partie du fric volé à la secte. Il y a un truc qui nous échappe.

C'est juste, Victor. Pour l'instant, tout est flou. Tant pis pour les explications, elles viendront après. Fleming a découvert la pénicilline sans se soucier du pourquoi. On va l'imiter.

— Vous avez un plan d'action ?

— Non. Si. Un plan qui m'oblige à quelques paris osés, mais on n'a pas grand-chose à perdre. J'ai une petite intuition. Mes jeunots, les agités de l'autre fois. De l'autre Foi. Ils semblent liés à la secte, si on en croit leurs piercings et Le Caravage. Ils ont recruté Martin par un malheureux hasard : ils étaient voisins. Ils vont nous amener à leur repaire. Seulement, ils me connaissent, surtout le gars, Cox. Je vais mettre Phil sur le coup. Hubert me rémunère grassement, j'ai de quoi payer un intérimaire pour le remplacer au bistrot.

Deux jours de planque rue Henri Barbusse. On s'est relayés Philippe et moi, par tranches de douze heures. Une demi-journée à somnoler dans sa bagnole, garée au bas de l'immeuble des percés. Dans le cas où je devrais entamer une filature longue, j'avais prévu d'appeler mon pote et de lui sous-traiter le taf. Trop de risques qu'ils me retapissent. On a eu de la chance, ils sont sortis pendant le quart de Phil. Le premier matin, au chant du coq. Saint Pierre avait déjà renié le Christ par trois fois, le cafetier a déplié sa carcasse ankylosée par une nuit d'inconfort à la place du passager. Il bâillait lorsque les jeunes ont déguerpi, direction la gare d'Austerlitz. Philippe m'a sonnée depuis la salle des pas perdus :

— Ils prennent le train.

— Gare d'Austerlitz, rien d'étonnant. Un tel sens de la déduction t'autoriserait à postuler sans complexes chez Poulaga. Bon, ils vont où ?

— J'ai pas réussi à savoir.

— Désolée pour toi, mais grimpe derrière eux. Tu t'arrangeras avec le contrôleur. Garde les justifs. J'espère qu'ils prendront un train de banlieue, sinon bon voyage.

Philippe les a suivis. Il m'a rappelé en fin de soirée. Le train de banlieue avait raté le terminus et avait poursuivi sa route jusque dans le sud du Massif central. Phil cherchait où pioncer. Il m'a narré ses aventures.

Les jeunes étaient descendus à Millau après huit heures de voyage touristique. Millau, Aveyron, à soixante-dix kilomètres de Marvejols, dernière localisation de Thomas Carayol. Les mâchoires de l'étau se rapprocheraient-elles ? Naturellement, Phil avait continué sa filature à la descente du train. Cox et Julie étaient montés dans une bagnole qui semblait les attendre. Emmerdé, mon pote : il ne voulait pas les laisser disparaître. Il n'a pas osé le taxi, le « suivez cette voiture » du cinéma, mais a opté pour une solution alternative : il a viré un conducteur de son volant poliment mais fermement et lui a piqué sa caisse. Une berline t.b.e., freins refaits, tronche de première main. Emprunté, pas volé. « Je vous la rends dès que j'ai réglé une petite affaire », il a dit à sa victime pour ne pas l'effrayer. Le type n'a pas eu l'air franchement rassuré.

Les jeunes ont pris la route des gorges du Tarn. Au village du Rozier, ils ont suivi la vallée de la Jonte puis quelques kilomètres plus loin ont obliqué vers le nord sur une petite route à moitié carrossable qui grimpait vers le causse Méjean, plateau karstique du sud de la Lozère. La route, à flanc de falaise, est un chemin infernal entre rochers de calcaire blanc, arbrisseaux malingres et précipices dantesques. Quatre cents mètres de dénivelée en quatre kilomètres. Un avantage, de nuit, à cette époque, une seule bagnole le précédait. Pas de risque de les paumer. Un inconvénient, la situation s'avérait idéale pour finir grillé. Prudent, il a roulé en veilleuse. En prenant soin d'éviter une sortie de route qui se serait soldée par une chute dans l'abîme. Le salaire de la peur. Sans la nitroglycérine en soute, sauf si le proprio avait omis de le préciser. À sa décharge, les transactions du prêt avaient été expéditives.

Enfin, Phil a débouché sur le causse. Route droite désormais, environs plats et herbeux. Les jeunes se sont arrêtés près d'une vieille bâtisse à l'orée d'un hameau presque désert au doux nom de Saint-Pierre-des-Tripiers. Saint-Pierre, le toponyme idéal. Certes, les tripiers tachaient un peu l'ambition de spiritualité mais le lieu cumulait divers intérêts. Dont un essentiel : l'isolement. Philippe s'est fait cramer en s'approchant de la boîte aux lettres. Une espèce de caisse en bois sur laquelle une étiquette mal écrite indiquait chichement « Croix de saint Pierre ». À l'instant où Phil déchiffrait la mention, un gonze dont les cinq piercings brillaient dans le clair de lune est sorti du néant pour s'inquiéter :

— Vous êtes perdu ?

Le point d'interrogation était sensible. Moins que le poing dans la tronche du curieux qui a suivi. Phil a branché le turbo sous ses semelles et démarré en fanfare style « Le Mans » de la grande époque. Le gardien du dogme ruminait la trogne dans l'herbe et n'a pas réitéré sa démarche inquisitrice.

Phil a parcouru la route en sens inverse. L'éclairage des phares facilite la descente. La nitro n'a pas explosé, il a laissé la bagnole au centre-ville de Millau, hélé les flics d'une cabine en signalant que son chauffeur habituel pouvait la récupérer. Il a même laissé un peu de monnaie pour le dérangement et l'essence. Puis, il m'a appelée :

— Qu'est-ce que je deviens, chef ? il m'a demandé.

— Je sais pas, sous-fifre. Seul là-bas, tu peux pas tenter une attaque des lieux. Je te propose d'y retourner de jour pour observer la topographie de l'endroit. Ensuite, tu rentres, tu vas pas y passer l'hiver. Sois discret et loue une bagnole, cette fois.

Ainsi fit-il, dès l'aube. Il est revenu au rapport, le lendemain en fin d'après-midi.

Le causse était magnifique. Phil avait arpenté les alentours de la vieille bergerie aménagée en tanière de secte et dégotté un promontoire rocheux d'où il serait peinard pour méditer. Il avait pensé à s'acheter au préalable la meilleure paire de jumelles de Millau. De son piédestal, il avait épié les croisés durant toute une journée. Les moutons étaient de retour et se baladaient entre rangées de barbelés et murs de pierres sèches. Plusieurs croix à l'envers jalonnaient leur parcours. Le Berger logeait un peu au-dessus, dans un superbe bâtiment ancien, remis aux normes CEE, façon bobo tâte du terroir pour ses RTT. Lors de ses pérégrinations internes, Il était reconnaissable à son aube blanche, marquée d'une croix tête en bas, rouge. Les autres étaient en gris, leur croix était noire. Au cours de l'après-midi, le Guide était sorti par un chemin qui Lui semblait réservé ainsi qu'à la blondasse qui L'accompagnait. Pour se présenter dans le monde, le Guide s'était habillé en civil et pour se déplacer, Il utilisait une jolie Mercedes grise décapotable, un modèle de luxe. Le Guide ne pouvait s'égarer dans des problèmes matériels, sinon sa lumineuse pensée en souffrirait. Avant de partir faire des emplettes en ville accompagné de sa greluche, le Guide avait marqué une longue halte près des deux disciples qui planquaient en permanence devant l'entrée principale. Les gardiens du temple. Le Guide éclairé leur avait certainement proposé de redoubler de vigilance car la contamination profane rôdait. Les gardes avaient acquiescé et s'étaient préparés à crucifier de guingois tout intrus contagieux.

— Merci, Phil. Pas aperçu Carayol ?

— Non, mais il y était peut-être. Je le connais pas vraiment, ils sont tous encapuchonnés comme pour une pub de claquos et en plus j'étais un peu loin.

— Il y a du va-et-vient ?

— Presque pas. Le gourou se balade. Ah si, les jeunes sont repartis. Je pense que c'est eux, j'ai reconnu leur voiture. Je les ai lâchés.

— T'as bien fait. Il se pourrait qu'ils aient un rôle particulier, ceux-là. On les retrouvera ici, tu verras. Une invasion en force te semble possible ?

— Difficile. Faudra bien, pourtant. Sinon, ton Thomas, il est là pour l'éternité. Et comme eux, ils vont tous gagner le paradis, ça m'étonnerait que tu le revois.

— Rentre, au lieu de dire des conneries. On va s'occuper des jeunes.

Schéhérazade a donné des nouvelles. Thomas avait rappelé. De Montpellier. Toujours autant de conversation. Il prolongeait son manège de diversion envers les flics. Et poursuivait sa trajectoire centripète. Il tournait autour de l'Aude, satellisé. Le dernier saut ne l'en rapprochait guère. Les keufs devaient commencer à désespérer de le voir pénétrer dans le département.

De son côté, l'Inca, lui, demeurait carrément muet. Ses ancêtres avaient planqué le Machu Picchu durant quatre siècles, j'espérais qu'il n'avait pas décidé de me jouer la même farce.

Chapitre XXII

Philippe a pris un train de nuit pour rentrer de Millau. On s'est retrouvés au bistrot, dans la matinée. J'ai amené Victor, je voulais un véritable brain storming, comme on dit aujourd'hui. Dimanche, le troquet fermait. Jeûne salutaire pour le foie des pochetrons et temps supplémentaire pour le cerveau des limiers.

Comprendre puis décider ou décider sans comprendre. Victor, le scientifique, s'acharnait à vouloir tout expliquer. Pourquoi le meurtre, pourquoi le vol, pourquoi Budapest, pourquoi cette secte ? Phil se foutait d'y entraver quoi que ce soit. Il songeait à un passage en force doublé d'une éradication du gourou, enfoiré de profiteur de la faiblesse psychologique d'autrui et camelot de dogmes rances. L'affaire Carayol, rien à battre, du moment que de véritables ennemis idéologiques se dressaient sur son itinéraire. Solange découpait le petit salé et tempérait son mari. Moi, je réfléchissais tout en surveillant la cuisson des lentilles.

— Les femmes aux fourneaux, comme d'hab ! Si au moins vous compensiez par une bonne idée, les mecs.

— J'en ai une, a clamé Victor.

— OK. Exposez-là, pendant ce temps, je descends à la cave chercher la Kalachnikov. Il est temps de la dérouiller, a déclaré Philippe.

Le toubib, un tantinet admiratif, a demandé confirmation :

— Vous détenez une Kalachnikov ?

— Absolument. Une arme de contrebande, achetée en Afghanistan en 68. L'année où j'ai commis le pèlerinage de Katmandou. À ce propos, rendez-vous compte que j'ai traversé en stop, entre autres, la Yougoslavie, les Kurdistan turc et irakien, l'Iran, l'Afghanistan et le Cachemire. Essayez aujourd'hui, vous ne dépasserez pas Belgrade. Pauvre monde. Et tout ça à cause d'enflures comme ces « Croix de saint Pierre » et autres vendeurs de dieux avariés. Kalach, ton heure a sonné.

J'ai coupé Phil dans ses élans guerriers :

— Attends, Philippe. Victor a pensé à un truc, écoutons-le, il a peut-être une solution pour s'en sortir sans violences.

Victor nous a livré ses interrogations :

— Merci de me laisser parler. Voilà, Lily, j'ai une question : depuis le meurtre, de Run, combien de fois a-t-on eu des nouvelles de Thomas Carayol ?

J'ai remis mes souvenirs en place avant de répondre :

— Eh bien, il a été vu au Boulou, à Budapest et au lac Balaton, en Bretagne, en Charente, en Lozère et à Montpellier. Sept fois. Un chiffre sacré, le sept.

Le toubib m'a immédiatement adressé un reproche solennel :

— Lily, j'attire votre attention sur la valeur des mots. Thomas Carayol a été entendu et non vu sept fois. Seule, la restauratrice du Boulou peut se targuer de l'avoir aperçu.

— Et alors ?

— Et alors ? Rien.

— Comment rien ? a tempêté Philippe. Vous sous-entendez que, si ça se trouve, depuis son passage au Boulou, ce n'est pas Thomas qui laisserait des traces. Et il serait où ?

— À Saint-Pierre-des-Tripiers. Depuis le début. Juste un détour vers la frontière espagnole pour brouiller les pistes. Ailleurs, c'est un complice qui cause. Le gourou ?

C'est dingue la supériorité de performance du groupe par rapport à l'individu. Une synergie impressionnante. Les facultés de réflexion sont décuplées. La connerie aussi parfois, il est vrai. Mais, au fin fond de ce rade, la connexion des quatre cervelles a permis de parcourir un bout de chemin.

— Thomas est complice du gourou. Peut-être est-il même une tête pensante de la secte.

J'ai rétorqué :

— Ça ne colle pas à la description de Schéhérazade.

— Rien ne colle à la pensée d'une fille de vingt ans surtout si elle songe au grand amour. D'autant plus que Thomas l'a libérée de ses entraves familiales. Elle lui voue une reconnaissance éternelle. Elle n'a jamais senti qu'elle couchait avec un meurtrier en puissance, elle est incapable de le juger objectivement. Schéhérazade est aveugle, c'est tout, m'a répondu Victor, un peu péremptoire.

J'étais obligée d'abonder dans son sens :

— Vous devez avoir raison. Le côté midinette de Schéhérazade a altéré sa raison. Et puis, Thomas se livrait peu. Je me souviens maintenant qu'elle a appris incidemment qu'il dessinait. Malgré tout, ce qui me gêne encore, c'est le mobile. On en revient toujours au mobile. Il n'a presque rien piqué.

— Qu'est-ce qu'on en sait ? Dites-moi, qu'est-ce qu'on en sait ? On n'a pas la moindre idée du pognon présent dans la baraque. Si Martin avait demandé du fric à son père, par exemple ? Tu nous as dit, Lily, que ce genre de démarche était fréquent. Je résume : Martin et Thomas sont en cheville avec les croisés. Thomas en a marre de sa vie, ne croit plus à un avenir de dessinateur, demande à Martin de taxer un maximum de pognon à son paternel. Il dessoude le père, le fils et rejoint le Saint-Esprit.

J'ai acquiescé :

— Ça tient la route. Je suis d'accord jusqu'au meurtre de Martin. Après, non. À Budapest, c'était encore Carayol, il y a un billet d'avion à son nom depuis Barcelone. Il se trouvait bien là-bas. Au retour, il se terre à Saint-Pierre et pendant ce temps, le gourou bigophone à Schéhérazade en le singeant. Fastoche, il ne se livre pas au téléphone : une voix lointaine, « c'est moi » et clic. Tiens, Phil, tu m'as raconté qu'il était sorti hier, ton gourou. À quelle heure ?

— En début d'après-midi. Attends, c'est noté. Quatorze heures. Retour à dix-huit heures.

— Parfait. À quinze heures trente, il appelait Schéhérazade depuis Montpellier.

— Malgré la route tortueuse, c'est tout à fait plausible. Et les cagoulés ? Quelqu'un peut me dire ce qu'ils font dans le tableau ? Ils jouent aux diablotins de « la tentation de saint Antoine » ?

Victor est à nouveau intervenu :

— Moi, je les sens dans le ton. Des gorilles, prêts à foutre la trouille à n'importe qui pour assurer la sérénité de la secte. Dépêchés dans le secteur par leur chef afin d'apprécier l'évolution de l'enquête. Ils vous voient traîner vers le mas de Run et tentent l'intimidation. Depuis, soit ils ont perdu votre trace, soit ils pensent que vous avez abandonné. Soit chef les a chargés d'une autre mission vitale.

— Ça se tient. Je crois qu'on a pas mal avancé. Il me reste à déposer l'enclume. Elle commence à me peser, je vous l'assure.

— Quelle enclume ? a questionné Solange.

— Non, rien, un détail. Et tiens, je me souviens d'un autre détail. Le soir où j'étais chez les jeunots, je suis allée boire un verre d'eau et j'ai aperçu des cachets dans l'évier. Tu parles, ils font semblant de se camer, mais ils gardent le contrôle. Cox et Julie, en tout cas. On va s'informer là-dessus. Tu veux de l'action, Phil ? Viens.

Victor m'a arrêtée :

— Attention. Si vous les interrogez, ils vont prévenir la secte et Carayol se barrera.

Phil nous a rappelé que suite à son altercation avec un des gardiens du dogme, les croisés étaient de toute façon déjà sur leurs gardes. J'ai ajouté :

— Et puis, tant pis s'il se barre : on le chopera plus facilement dans la nature que dans son couvent.

Phil a levé la main et affirmé :

— Je veux bien t'aider mais seulement si, au nom de Bakounine, tu m'autorises à anéantir cette secte, cette espèce d'ersatz d'idéologie qui cadenasse les esprits. Donc j'exige de piquer Carayol à l'aube, dans sa bergerie de Saint-Pierre-des-tripiers. Enchaîné au loup. Ensuite, un jury populaire décidera de leur sort. Par Saint-Just, j'ai déjà une idée de la sentence.

— OK, Phil. On va essayer. Mais je te laisserai pas les descendre. Par contre, quoi qu'il arrive, on se démerdera pour détruire la Croix de saint Pierre. On les balancera aux poulets. Je préfère.

Victor a ajouté :

— En dernier lieu, alors. Parce que je ne vous parlerai pas de la collusion patente entre les pouvoirs et ce genre de religion. Il vaut mieux avoir des preuves des meurtres, sinon, ils sont capables de s'en sortir.

Phil a acquiescé, sans doute pour appuyer son idée de jury populaire :

— Forcément, ils ne gênent pas le pouvoir. Ni le pouvoir politique, ni le pouvoir de la thune. Mieux, ils édictent des espèces de morales en estime du côté des dirigeants. Une hiérarchie rigide, une répartition immuable des tâches, le rejet du doute et l'adhésion totale à des principes bidons. Un ordre idéal, pour certains, dans les sphères du pouvoir. Ces agneaux dociles ne présentent aucun danger. Juste un petit « suicide » collectif de temps en temps, de quoi émouvoir la presse et le bon peuple, tourner un film et on oublie. Les bases de la société n'en sont pas ébranlées. J'aimerais autant les détruire de mes mains que laisser la justice s'en occuper. Allez, viens Lily, on part chez les jeunes. On leur parle pas de Carayol, simplement de Martin. Et je promets de rester non violent.

Avant de réaliser notre interview en direct, j'ai décidé de revoir Brigitte Renault, la seule personne qui ait conservé une certaine estime pour son fils Martin. Phil m'a attendue dans un bistrot, tandis que je dérangeais madame Renault et son beau-frère. Celui-ci s'est éloigné : une conversation sur son neveu contribuait à élever sa tension artérielle à des niveaux prohibés par son cardiologue.

Brigitte Renault m'a confirmé le profil de son fils. Un profil que j'avais brossé depuis plusieurs jours déjà. « La vie que ma mère m'a infligée » écrivait Chateaubriand. Le jeune Renault semblait partager cette vision de l'existence. Il accumulait les échecs depuis sa naissance. Un contraste destructeur avec la réussite insolente du père et l'indolence suffisante du grand frère. Impossible de se construire à côté. Deux tentatives de suicide à son actif à l'adolescence. Des tentatives ratées, plutôt des appels au secours, mises en scène dans l'objectif d'échouer mais qui avaient amplifié son sentiment de médiocrité. Ces essais infructueux avaient été suivis d'une incursion dans le monde de la drogue. La désintoxication imposée par sa mère l'avait sauvé. Physiquement. Mais moralement, il continuait à gérer son blues et restait fragile. Brigitte espérait le sortir du marasme lorsqu'il avait malheureusement découvert sa liaison avec son oncle. Engueulade, chantage, « c'est moi ou lui ». Sa mère avait choisi. Elle m'a avoué qu'elle ne comprenait pas la haine qui l'animait vis-à-vis d'Hubert. Sans doute le coupable idéal, l'oncle : le brasseur de pognon qui profitait des dons de son frère. La cause de tous les ennuis. Depuis, Martin les rencontrait simplement lorsqu'il était financièrement raide. Il ne résidait que rarement dans son appartement de la rue Henri Barbusse. Brigitte Renault se trouvait même dans l'incapacité de le joindre. Aucune nouvelle depuis six mois. Peut-être même était-il dans l'ignorance de la mort de son père.

J'en avais, des nouvelles. Mais j'ai été lâche, j'ai fermé ma gueule. Ça m'arrangeait aussi de conserver l'info de la mort de Martin au frais : ainsi, les flics resteraient encore en dehors de mes pattes. Je l'ai saluée en regardant mes pompes. J'ai songé qu'on ne se reverrait pas.

Chapitre XXIII

— Alors, la veuve ? Qu'est-ce qu'elle t'a appris ?

— Pas grand-chose de neuf. Des confirmations. Un résumé classique. Martin est fragile psychologiquement. On peut en tirer une conclusion tout aussi ordinaire : il s'est jeté dans les bras de la Croix de saint Pierre. Sa mère l'ignore mais c'est plus que plausible. Bon, on y va. Mets tes gants, tes empreintes tapissent encore tous les commissariats.

Putain d'interphone. Il nous a bloqués une heure, à une encablure de Cox et Julie. Pas de mouvement dans l'immeuble, léthargie du dimanche après-midi chez mes concitoyens. Phil envisageait une action illicite, un mélange de chlorate de soude et de sucre, lorsqu'un type est sorti, une laisse de chien dans une main, le clebs au bout et un plastique plein d'eau dans l'autre, un poisson dedans. Les bestioles sont allées pisser. On a profité de la brèche.

Les jeunes ont ouvert. Ils semblaient en grande effervescence et mon irruption, accompagnée d'un type grand et costaud à l'œil particulièrement mauvais, ne les a pas rassérénés. L'appart recelait un désordre comparable à l'autre nuit. Julie a essayé de sortir, je l'en ai empêchée et je l'ai jetée sur la moquette. Phil avait attrapé Cox et lui a tiré la tête en arrière. Bizarre, l'interrogatoire n'avait pas commencé qu'ils se comportaient comme des coupables. Pas de « ça va pas ou quoi ? », « mais vous êtes fous ? », « arrêtez ou j'appelle la police ». Rien, juste une attitude de gamins coincés la main dans la confiture. Philippe a assis Cox, j'ai dit qu'on recherchait Martin Renault, qu'il me devait du fric et qu'on pensait qu'ils le connaissaient. Le croisé balisait, il s'est mis à table avec une spontanéité digne de la chute des corps. Julie se recroquevillait entre un matelas et le mur. Je ne pensais pas avoir une tronche à ce point patibulaire.

Les mots « Croix de saint Pierre » ont définitivement lancé les confidences. Effectivement, ils recrutaient pour la secte. Leur cible favorite, des rejetons de bonne famille, fragiles psychologiquement et pleins aux as. Découverts dans des fiestas d'étudiants, parmi les mômes qui cherchaient désespérément des cachets d'ecstasy, qui léchaient la lunette des chiottes en espérant absorber une miette de coke ou qui apostrophaient tous les dealers avec une insistance d'écho bègue. Eux, leur fournissaient des mélanges pourris, les draguaient, couchaient. Julie avait ramené Martin. Dégoté en bringue, sur son palier, chez des potes ou par hasard, elle n'a pas livré le détail. Diagnostic au premier coup d'œil : dépression. Un môme qui ne sait rien faire de ses dix doigts. De ses vingt doigts, d'ailleurs, parce qu'au foot non plus, il valait pas un clou. Un môme qui déteste son père, icône inaccessible. Qui aime encore sa mère jusqu'au jour où il apprend qu'elle couche avec son oncle. L'oncle, il le hait au-delà de tout. Ce grand argentier qui a transformé l'artiste paternel en monstre à fabriquer du pognon grâce à ses bulles. Sans lui, Run serait resté humain. Du moins il se plaît à le croire. Mais face à la réalité, il oscille entre les diverses solutions de son âge – drogue, tentative de suicide, secte – et goûte au mélange des trois.

Julie avait minaudé, attiré, baisé puis garni le petit thé de Martin d'un cachet, de deux, de trois. Et cetera. Dans les mailles, le jeune Renault. La suite, je la devinais : un petit coup de philo bidon, « tu te poses plein de questions, je connais un type qui a des réponses », encore une lichette de ses pharmacopées infernales et le gamin s'était retrouvé chez les tripiers de Saint-Pierre. Le gourou lui avait certainement suggéré d'aller chercher le fric à la source, Martin avait obtempéré. De plus en plus d'oseille, de plus en plus souvent.

La dernière livraison avait été fatale mais les jeunes paraissaient l'ignorer. Phil et moi avons omis de l'évoquer. J'ai voulu vérifier un petit truc :

— T'as la clef de chez lui ?

Julie a confirmé. Elle s'y était probablement rendue après mon passage et avait soigneusement refermé la lourde. D'où ma surprise, à mon retour, de tomber sur le gîte verrouillé.

Le blaze de Carayol ne s'est pas inséré dans la conversation. On a joué aux cons. Surtout, ne pas montrer qu'on savait déjà des trucs. Finalement, ils ont essentiellement confirmé nos hypothèses. J'ai demandé une suspension de séance. Je voulais discuter avec Phil. Quel avenir pour ces sbires ? Les laisser partir ? Ils allaient prévenir le gourou. Une fois l'alarme donnée au « camp », Thomas, s'il s'y était réfugié, se tirerait et nous échapperait. Phil aurait voulu les garder, mais matériellement, c'était impossible. Prévenir les flics ? Pas encore, on serait obligés de tout balancer. On a décidé de les faire baver. Comme des escargots avant la casserole. On voulait les voir dégorger à en rejeter leur estomac. En attendant de leur forger un plan de carrière. Feu nourri de questions, petite pression sur la clavicule dès qu'ils s'arrêtaient. Hélas, personne n'avait vu Martin depuis au moins trois semaines.

— On n'était plus ensemble. Au camp des croisés, il n'y a pas de couple, a confié Julie.

Sauf saint Pierre qui entretient une poufiasse.

— Martin l'avait admis ?

— Oui. Enfin je crois.

Et je m'en balance. J'obéis aux ordres, que voulez-vous. Les états d'âme sont proscrits.

— D'où il sort, ton super Disciple de saint Pierre ?

Mutisme, meurtrissure de la clavicule suivie d'une claque pour Cox.

— Je te jure, je sais pas.

— T'as jamais douté de ses conneries ?

Silence, re-claque.

— J'y ai jamais vraiment cru. Il nous payait bien, si on amenait de bonnes recrues.

— Combien t'as attiré de minots dans ses griffes ?

— Une dizaine en deux ans. Pas que des jeunes.

— Tous riches ?

— Assez.

— Et ils sont tous au « camp », comme tu dis ?

— Il y en a un qui est parti.

— C'est dur de se barrer, une fois que tu y es ?

— On te pique tes papiers et tes fringues. C'est assez difficile d'aller dans le monde avec la robe. Au début, les gens hésitent, ensuite, ils adhèrent au mode de vie et ne cherchent plus à partir. Au camp, ils ont à bouffer et ils oublient les emmerdes de l'extérieur. On en laisse sortir certains pour qu'ils ramènent de l'argent. Au risque de ne plus les revoir. Mais il n'y a pas beaucoup de fugues, le Disciple flaire la sincérité des gens. Les permissions ne sont accordées qu'aux adeptes convaincus.

De plus, imaginez le retour à la vie quand on a déjà pompé les trois quarts du pognon de la famille et qu'on n'a causé qu'à des gonzes en burnous à croix depuis un lustre.

L'ambiance était lourde. Une intuition, il y avait un blème subsidiaire. Par rapport à Martin, je les sentais sincères. Pour Thomas Carayol également, ils n'avaient pas l'air au courant. Et pourtant, Julie, qui s'enfouissait peu à peu sous le matelas, pâlissait. Les yeux dans le vague, elle grelottait depuis le début de l'interrogatoire.

J'ai balancé au hasard, je ne voulais pas qu'on se quitte si tôt :

— Et la petite maigrichonne de l'autre fois, elle est emballée, c'est bon ?

Panne de secteur. Julie tremble. Cox meuble :

— Oui. Enfin, non. Qui ? Non, celle-là, c'était une copine.

Une copine normale. Rien à voir.

Il est fin psy, Phil, sous ses aspects un peu rustiques. Il s'est approché de Julie qui a tenté de s'insérer sous la moquette. Il lui a happé l'épaule et a pressé, à l'aide du pouce. Elle s'est mise à chialer. Philippe l'a agrippée au collet, a rapproché sa tronche de celle de la fille et a proposé démocratiquement :

— Je te laisse choisir. Tu me dis où elle est sinon je te pète la clavicule.

Julie a voté. Elle a désigné la porte d'une chambre.

Le duo Lily-Phil avait correctement fonctionné, mais à cet instant, il a commis une ânerie. On s'est précipités dans la carrée. La fille gisait, inanimée. Immédiatement, Julie et Cox ont calté et nous ont enfermés. Le temps d'ouvrir la lourde, vu que j'ai pas mon passe, ils seront à perpète. Tant pis, on devine où ils vont, on saura les loger. Mais, Thomas Carayol sera prévenu et mettra encore les bouts.

Le pouls m'a permis d'oser un diagnostic. Morte. Overdose ou incompatibilité des mélanges offerts par Julie et Cox. Ils avaient un peu trop joué, la gamine souffrait d'anorexie et n'avait guère de capacité à résister. Connement, j'ai tenté un massage cardiaque. J'ai vite stoppé la manœuvre sur l'injonction de Phil :

— Arrête. Vu la température du corps, elle est chez les Anges depuis un brelan de plombes.

Voilà pourquoi ils avaient parlé sans se rebeller. Ils avaient noyé le poisson, grâce à de menus aveux moins compromettants. En espérant qu'on se débine. Trop contents qu'on ne découvre pas le meurtre de la nana et qu'on leur laisse le loisir de s'occuper de son corps. Qu'est-ce qu'ils allaient en faire ? Mystère.

— Viens, on se tire.

— J'ai pas les clés.

— Il n'y a pas de problème, il n'y a que des solutions. Passe-moi ton flingue.

— Il est pas chargé. On est coincés.

— Bravo. Je vais chercher du matos pour défoncer la lourde.

Phil a fouiné dans le logis. Pas un marteau, pas une pince, rien. Pas des bricoleurs, les jeunes. Il a ajouté :

— En plus, y a rien à bouffer. On est bons pour rejouer « les survivants dans la cordillère des Andes ». Ça tombe bien, on a déjà un cadavre en réserve. Remarque, vu comme elle est maigre, on tiendra pas jusqu'à Noël.

— Phil, s'il te plaît. J'aime pas.

— Moi non plus. J'exorcise les bouffées de haine qui m'envahissent. C'est pas fin mais la douleur s'évacue doucement. « Quand tu te brûles la main, pince-toi le pied. » Proverbe chinois.

— C'est pas génial.

— C'est pas chinois.

— J'appelle Victor, il rapplique avec mes passes et il ouvrira.

Il n'a pas perdu de temps, le toubib. Il a ouvert et s'est rendu directement dans la chambre de la petite. Ses compétences frisaient l'inutilité. Il nous a regardés un peu dépité et a admis :

— Faudrait pas qu'on vous accuse.

J'ai précisé :

— Qu'on nous accuse, même.

Suite à cette hypothèse, Victor a proposé :

— Alors, on part, on appelle les flics de manière anonyme, ils feront leur taf.

— Victor, attendez un peu. Sinon, les poulets vont nous doubler. J'ai besoin d'avoir les mains libres. Juste deux jours. On coupe le chauffage, on ouvre les fenêtres, elle bougera pas trop.

— Lily ! Et ses parents qui ignorent tout ! Non, je ne m'associe pas à ce genre d'acrobaties !

— Ça leur laisse deux jours d'espoir en plus.

Philippe n'est pas intervenu. Lui, il désirait simplement se transporter à Saint-Pierre-les-Tripiers et évoquer la marche du monde avec les décideurs de la Croix renversée. C'était urgent, les jeunes avaient dû affranchir le boss des événements. Victor ne paraissait pas devoir céder. Je lui ai fait une nouvelle suggestion :

— Victor, j'ai une autre idée. On cherche ses parents et on leur explique tout. Peut-être qu'ils ont entendu parler de la secte. On leur cause, ensuite, vous nous laissez une journée. Alors seulement, vous appellerez la police. En leur prétendant que vous avez reçu un coup de fil pour une visite à domicile, que vous avez trouvé la porte ouverte et la fille décédée. Vous ne savez pas qui c'est, c'est vrai, c'est pas une cliente. C'est une overdose, ses potes sont partis, ils avaient la trouille.

— Merci. C'est raisonnable.

— Vous me connaissez. La misère humaine, je supporte pas. Simplement, je préfère appeler les flics le plus tard possible.

Il a accepté. On avait quelques heures d'avance sur Poulaga mais pas mal de retard sur les minots.

Chapitre XXIV

La fille anorexique hébergeait des papiers dans la poche de son jean. Victor s'est chargé de détrousser le cadavre. Donnant-donnant, j'étais déléguée à l'annonce aux parents de la mort de leur fille. Cette fois, je n'y échapperai pas.

Myriam Chalmé, c'était la morte, habitait officiellement chez ses géniteurs en banlieue sud. On y a foncé avec ma caisse de location, au mépris des limitations de vitesse et de la quiétude de l'embrayage.

La famille Chalmé logeait dans une petite maison en pierre meulière dont la boîte aux lettres, ornée d'une étiquette salie indiquait « Claude, Agnès, Myriam Chalmé ». Un des trois prénoms était désormais inutile.

J'ai sonné à la porte du jardin, le paternel est apparu derrière une fenêtre puis est sorti et s'est dirigé vers nous. Pendant ce temps, je tentais en vain de contrôler des tremblements intempestifs.

J'ai hésité un instant : lui balancer la nouvelle immédiatement, là, presque sur le trottoir ou bien lui proposer d'entrer dans son salon et le laisser s'asseoir avant de me jeter à l'eau.

Une minute de répit pour lui. Ou de faux espoirs. J'ai eu le sentiment qu'il avait compris avant même que je ne commence. Trois inconnus devant son portail, la tronche en biais, c'était sans doute inhabituel. Et dans la famille Chalmé, l'inhabituel avait rapport avec la fille.

— Monsieur Chalmé ? Nous souhaiterions vous parler. Peut-être à l'intérieur, si vous le permettez.

Il nous a précédés dans son logement un peu désuet. La déco datait : des tas de bibelots, des meubles laqués style années soixante-dix. Et sur un buffet, des photos. Une gamine qui joue. La vie. Plus loin un portrait de femme, jeune. Au mur, un autre portrait de la même personne, plus âgée. Pas besoin de présentations. La mort. Monsieur Chalmé est veuf. Comme je m'attardais un peu sur l'image de la dame, l'homme m'a confirmé d'une voix éteinte :

— Hélène, mon épouse. Emportée par un cancer il y a cinq ans.

J'ai regardé Phil. Il fixait le parquet avec insistance. Plus courageux, Victor a levé la main dans ma direction et a fait doucement :

— Laissez, Lily. J'ai l'habitude.

— Merci, Victor.

Le toubib a pris la parole. Il a narré en quelques phrases les dernières péripéties et la découverte du corps de Myriam. Claude Chalmé a encaissé. Dix minutes la tête entre les mains. Puis il a commencé à raconter. La perte progressive de sa fille unique. Au contact de la secte peu après la mort de sa mère. Descente graduelle vers l'enfer. D'abord des copains bizarres qui se pointent à la maison puis des besoins de pognon qui augmentent. Du fric encore du fric pour alimenter les allumés. Le père avait craché au début, puis s'était insurgé. Il avait interdit la venue des copains et plus ou moins séquestré sa fille. En réponse, Myriam avait cessé de s'alimenter. Devenue majeure, elle s'était échappée. Elle était libre. Libre de choisir ses chaînes. Elle n'avait plus donné signe de vie depuis six mois. Six mois d'une attente insoutenable pour le père. Et maintenant l'éternité pour pleurer.

Claude Chalmé n'avait guère de détails sur les croisés de saint Pierre. Sa fille avait bien prononcé ce nom, mais il ignorait où les trouver. Il nous a interrogés sur notre présence au beau milieu de cette jungle. Je lui ai détaillé mes recherches, la fuite de Thomas Carayol et le hasard qui m'avait amenée sur les pas de Myriam. Phil a précisé qu'on avait localisé la secte et qu'on avait des intérêts communs, avec Monsieur Chalmé : moi, je cherchais Thomas, lui et Phil ne dédaigneraient pas un procès de la secte. Le père de Myriam a aussitôt déclaré fermement :

— Je vous accompagne. Je vais chercher mon fusil de chasse. Avant, si vous le permettez, je souhaiterais voir ma fille.

Phil a bougonné dans ma direction et m'a indiqué discrètement sa montre. Effectivement, on était pressés. Malgré tout, j'ai accédé à la demande du père. Claude Chalmé s'est rendu dans son garage d'où il a libéré un beau véhicule immaculé. Victor, Phil et moi avons regagné notre bagnole, garée dans la rue. En quittant le jardin, j'ai jeté un regard à la boîte aux lettres. Et à l'étiquette aux deux prénoms inutiles.

Myriam était telle qu'on l'avait laissée. La mort et la pâleur accusaient la maigreur. Son père est entré dans la chambre de sa fille et s'est recueilli durant quelques minutes auprès du corps. Seul. Phil trépignait. Enfin, Claude Chalmé nous a rejoints, les yeux rouges, les traits tirés et la rage à fleur de peau.

On a laissé Victor chez lui, trop vieux pour le genre de périple prévisible. Je suis passée à mon appart, le temps de m'habiller en costume sports mécaniques. Ample, à l'aise et résistant à la gadoue. Simultanément, j'ai constaté le silence de mon fiancé des Andes. La légendaire discrétion des Indiens.

Direction le causse Méjean. À fond. Phil conduisait, Chalmé suivait.

Porte d'Italie, seize heures. J'ai entamé une conversation avec mon financeur.

— Dans deux jours, je saurai. Je ne vous en ai pas parlé, l'autre jour, quand j'ai discuté avec madame Renault, mais je crains de mauvaises nouvelles concernant votre neveu et de grosses difficultés pour rencontrer Thomas. Mais l'espoir demeure, je pense avoir localisé Carayol. On va essayer. Si tout fonctionne, je vous le livre après-demain.

Tu parles. Jamais de la vie. Au mieux, Phil le balancera, au pire il le crèvera comme tout ce qui touche de près ou de loin à cette secte. Et je l'approuverai.

— Pour Martin, je vous laisse préparer sa mère. Je suis quasiment sûre de moi, il est mort. Dès que j'ai une preuve formelle, je vous le confirme.

Philippe mettait la gomme. Pas tellement son truc, la bagnole, mais vu sa motivation, la pédale d'accélérateur a souffert. Vingt heures, Clermont-Ferrand. Fin de l'autoroute à péage. Phil a filé l'oseille au préposé dans sa cahute. Le type a remercié en ajoutant un « bonne route » un peu chantant. Ici naît discrètement l'accent du sud.

La cathédrale de Clermont-Ferrand lançait ses flèches vers le ciel. Noire, comme la pierre de lave. La pierre qui flotte. Au contraire de l'enclume qui coule. Et qui refuse de s'immiscer dans mes hypothèses.

On franchissait les gorges de la Truyère, à côté du viaduc de Garabit, une construction métallique du même auteur que Nyugati pàlyaudvar lorsque mon portable a sonné. Hubert Renault.

— Les flics ont logé Carayol. Il a encore appelé Schéhérazade depuis la Lozère. Ils sont à peu près certains qu'il se cache dans ce secteur.

Merde. Il ne manquait plus que les bleus. Réponse convenue :

— Ils ont raison. On est en route.

— Ils vont employer les grands moyens. Barrages routiers, hélicos. Vous n'avez guère de chance d'arriver avant eux.

— Je m'acharne. On verra.

L'info de mon client nous a été très vite confirmée. Dès qu'on a quitté l'autoroute pour bifurquer vers les gorges du Tarn, à la sortie « Séverac-le-Château », ils étaient là. La région des causses nous souhaitait la bienvenue par l'intermédiaire d'un barrage de schtroumfs. Un dimanche soir, aux alentours de vingt et une heure trente.

Coup d'œil dans la voiture, « Vous allez où ? », pas emmerdants, les bleus. Derrière, Claude Chalmé crachait également son matricule. On ne correspondait pas au signalement, Philippe et Claude pas assez jeunes, moi pas assez mec. Et comme l'individu recherché ne pouvait décemment se cacher dans un coffre aussi exigu, d'autant qu'il abritait déjà une Kalachnikov, les poulets nous ont rendu notre liberté.

— Si on se fait gauler avec la sulfateuse, on n'est pas clairs, j'ai dit, dès que le gendarme nous a autorisés à décamper.

— Ouais. Mais on en aura besoin. On prend le risque. Bon, je roule doucement, j'attends qu'ils lâchent notre camarade.

Le père de Myriam est reparti peu après et nous a rejoints. Il a appuyé sa présence de quelques coups de klaxon.

Deux autres contrôles d'identité en trente kilomètres. À bas l'état policier. On devrait jeter la mitraillette dans un fourré. Les roussins ne l'ont pas repérée, par contre ils ont soigneusement noté nos identités. Un bruit d'hélico nous est parvenu. Des observateurs munis de jumelles infrarouges. Dégueulasse et lamentable : quand on pense aux moyens mis en œuvre par la force publique pour parvenir à pas grand-chose ! Tandis que nous, avec nos seules cervelles… Phil balisait :

— On peut pas continuer. Ni intervenir chez les croisés. C'est le désert là-haut, les seules bagnoles qui roulent ce sont les nôtres. Un peu de malchance et la Rousse va nous fondre dessus dans un ventilo à bulle. Et j'ai pas envie de me taper la montée de Saint-Pierre tous feux éteints pour passer incognito. Un moyen infaillible de se benner et de se taper la vraie montée chez saint Pierre.

— Ouais. Plus les contrôles d'identité qu'on vient de subir… Avec ton casier, en deux interrogations de fichiers, tu seras dans le collimateur. Même s'ils ne voient pas le rapport avec Carayol, ils vont nous cibler et comme ils savent maintenant dans quel secteur on bourlingue…

— T'as raison. Alors, direction, capitaine ? Chez les croisés ?

— J'ai une autre idée. Un petit détour. Une diversion et une ultime recherche. Reviens sur l'autoroute, on s'arrache dans les Corbières. On va prévenir Claude.

On lui a expliqué rapidement. Dès le lendemain, on serait là pour entreprendre l'expédition punitive chez les croisés. Pas d'initiative en nous attendant. On a trouvé un hôtel à l'entrée de Millau et on l'a salué en ajoutant un « bonne nuit » aussi rituel qu'inutile. Le pauvre père n'a pas dû dormir longtemps.

Philippe a remis les gaz. On a franchi le Larzac, non sans une pensée pour ses combattants des années soixante-dix et une des rares luttes victorieuses contre le pouvoir, puis on a foncé vers la vallée de l'Orbieu, deux cents kilomètres plus au sud.

À une heure du mat', Philippe stoppait à ma demande sur le seuil du logis de Schéhérazade. Elle ne dormait pas, toujours entre deux insomnies. La fatigue a gommé son étonnement. Même ma requête incongrue à cette heure de la nuit n'est pas parvenue à lui rendre une expression.

— Il me faudrait la clé de chez Run.

De quoi ternir à jamais la réputation des journalistes. Je m'en fous, je suis pas journaliste. Elle m'a fourni l'objet.

La nuit troublait mon sens de l'orientation. On a pris deux mauvais chemins avant de parvenir devant la bicoque du dessinateur. Phil s'est énervé :

— Dis-donc, c'est le *deep south*, ici. Le blues se terre dans ce terroir. J'ai presque la trouille, c'est un coin à fantômes. On fait quoi, tu m'expliques ? Parce que j'en ai ma claque.

Je me suis contentée d'un :

— On cherche une enclume.

À l'intérieur de la baraque, j'ai vite repéré la trace de l'enclume manquante : des marques de rouille sur les pierres, à droite de l'immense cheminée. L'autre masse métallique, par contre, s'alanguissait de l'autre côté du foyer. En observant le sol, des traces de ferraille se dirigeaient vers la porte d'entrée. L'outil avait été traîné sur le carrelage. Au-delà du seuil, plus rien.

Philippe a émis l'intention de tuer son ennui :

— C'est ici, la réserve de vieux Bordeaux ?

J'ai désigné la cave et lui ai délivré l'autorisation d'aller se servir :

— Pas trop. Et puis je m'en fous, prends ce que tu veux. Dépêche, j'ai du taf dehors.

Il est remonté lesté d'une pleine caisse qu'il a rangée dans le coffre de la tire, contre la Kalachnikov. Il m'a rejoint, on a refermé et on a contourné la maison à la lueur de nos lampes, à la recherche d'une enclume. Peut-être qu'on la découvrirait sous un fer à cheval porte-bonheur. J'ai éclairé le mur amont. Sa base était farcie de détritus entraînés par les pluies. Un peu enfouie sous de vieilles feuilles, l'immense chaussure de clown aperçue lors de ma première visite espérait vainement un propriétaire. Arrivés près de la construction circulaire qui servait jadis de réserve d'eau de pluie, j'ai abandonné : on ne trouverait rien. Trop de planques et de recoins inaccessibles.

— Dans la nuit, avec nos deux petites lampes de poupée, autant chercher un exemplaire du *Bateau ivre* dans une caserne de paras.

— J'arrête, a décrété Philippe.

— T'as raison. Un coup de rouge ?

— Non. Je conduis. Quoique…

J'ai proposé à Phil :

— Si t'as vraiment soif, il y a dix mètres cube de flotte, là-dedans.

— Merci, je préfère le Saint-Estèphe.

Phil a ouvert une bouteille de rouge et en a lampé une bonne gorgée.

— On va où, maintenant ?

— À Lézignan-Corbières.

— T'as pas l'intention de dormir ? C'est une heure et demie du mat', j'en ai plein le dos.

— Désolée. Une urgence. Un coup de fil à donner. Le portable passe pas.

Chapitre XXV

— Arrête-toi là, devant la cabine téléphonique. Viens.

Je suis descendue, suivie du conducteur. Je l'ai affranchi :

— J'appelle Schéhérazade.

— Tu rigoles, on sort de chez elle !

— Je l'appelle de la part de Thomas.

— Ah ! Dis-donc, c'est pas un peu dégueulasse ?

— C'est nécessaire. Je tape le numéro, dès qu'elle décroche, tu dis « c'est moi » et tu raccroches. Pas d'incartade.

Philippe a exécuté les ordres.

— Maintenant, on repart en Lozère. On dégotte un hôtel en plastoc dans la périphérie de Narbonne et on pionce un peu.

Le premier établissement croisé nous a hébergés. Paiement par carte, anonymat garanti. Une piaule à deux lits, bas de gamme du premier choix. Ni le temps ni l'envie de trouver mieux. La douche sur le palier, bienvenue malgré tout. Phil s'est endormi en un quart d'heure, moi j'ai un peu tournicoté, des images crades dans la tronche. Demain, lever à l'aube et départ vers Saint-Pierre-des-Tripiers.

C'est Hubert Renault qui m'a réveillée avant l'aube. Une indication deuxième main :

— Carayol a appelé sa copine depuis Lézignan. Il est en train de se jeter dans la gueule du loup. Je ne pense pas que vous puissiez empêcher quoi que ce soit. Arrêtez le boulot, je vous paierai mon dû. Je suis convaincu que vous avez fait l'impossible. Les flics ont transféré leur plan de recherches intensives de la Lozère à l'Aude. Cette fois, je crois qu'il est cuit. Vous êtes où ?

— En Lozère, justement. On a un truc à régler. Le dénouement est proche, effectivement.

Il n'a pas prolongé la conversation. Je lui ai proposé de me joindre s'il avait des infos de la part les flics. Ceux-ci le tenaient au courant de chaque nouvel événement. Halte à l'idée de poulets tarotant à l'envi en sirotant du pastaga.

— Debout, Phil.

Un quart d'heure plus tard, tandis qu'on roulait, quelques hélicos migrateurs ont déployé leur formation harmonieuse au-dessus de nos tronches. Dans le sens Nord-Sud. Philippe a susurré :

— Ils quittent la Lozère pour l'Aude. La voie est libre.

— Tu peux me remercier.

Dix heures du matin. Arrêt à Millau pour récupérer le père Chalmé, acquérir une réserve de sandwiches, de flotte et de bière, suivi d'un départ vers la campagne. On a rapidement briefé Claude sur nos intentions :

— On les veut vivants.

J'ai collé la trombine de Carayol dans les mains du père de Myriam en ajoutant :

— Surtout lui. Si l'un d'entre eux parvient à se tirer, il passera par ici. Vers le nord, c'est beaucoup trop long. Vous le suivez, c'est tout. On vous appelle s'il y a un changement.

La montée de la vallée de la Jonte vers le causse Méjean se révèle plus aisée de jour. La route est étroite. Difficile de se croiser. J'ai songé qu'on risquait de rencontrer des fuyards de la secte. La veille, Cox et Julie les avaient sûrement alertés : des profanes les recherchaient et avaient découvert la mort d'une future recrue. Le genre de publicité plutôt négative. Pourtant, la route est demeurée déserte. Chalmé s'est posté à la sortie d'un virage et a planqué sa voiture contre des rochers. Puis il a levé le pouce en l'air, nous donnant tacitement l'autorisation de le laisser sur place. On s'est éloignés en direction du refuge de la secte.

Pour ce type d'opération commando, je m'en remettais à Philippe. Moi, je disposais simplement de mon soufflant abandonné dans une fouille pas trop profonde. De plus, mon pote avait eu tout le loisir d'examiner les lieux et commençait à élaborer une stratégie. On a dépassé le village de Saint-Pierre-des-Tripiers puis on a rangé la voiture dans un bosquet afin de gagner à pied le promontoire rocheux que Phil avait utilisé comme observatoire lors de sa première visite. De là-haut, on distinguait les mouvements des adeptes. Apparemment, pas de profond changement d'attitude. Rotation autour des croix, mains jointes, puis disparition à l'intérieur de la grande bâtisse commune. Pour quel type d'activité, je l'ignorais. Devant l'entrée principale, un sbire en uniforme battait le pavé. Une sentinelle, chargée de prévenir le seigneur d'une éventuelle offensive laïque.

La propriété était ceinte de barbelés disposés au-dessus d'un mur en pierre sèche. Seule la grande maison du maître des lieux nous intéressait. Trois cents mètres la séparaient de la partie réservée aux adeptes. La cheminée fumait, preuve d'une présence. Philippe m'a décrit son plan. Une tactique simple : rentrer en force dans la chaumière, épingler les occupants et les contraindre à livrer Carayol. À deux, sans compter l'aide morale de Mikhaïl Kalachnikov. Ensuite, on aviserait.

La voie la plus facile se situait à l'opposé de l'entrée des artistes. Auparavant, une petite marche à découvert. Les arbres épars et grêles ne nous abriteraient pas. Philippe m'a donc proposé d'attendre la tombée du jour. J'ai objecté :

— Et s'ils se tirent ?

— On leur file le train.

— Faudrait pas qu'ils nous jouent les Horaces et les Curiaces. Carayol d'un côté, le gourou de l'autre.

— Tu t'occuperas de Thomas et moi du moine. Et puis Chalmé est prêt à intervenir.

J'ai maugréé :

— J'ai pas trop confiance. Je sais pas s'il est armé pour ce genre d'escapade.

Une journée d'attente. On a roupillé à tour de rôle, grignoté des sandwiches et siroté la bibine. Il faisait beau, mais frais. Une bise froide et sèche qui descendait du nord. On s'ennuyait ferme. En milieu d'après-midi, les crétins tournants se sont abrités. Un peu plus tard, je roupillais engoncée dans mon anorak, lorsque Phil m'a éveillée. La lumière du jour déclinait. J'ai aperçu trois silhouettes qui sortaient de la maison du gourou. Philippe m'a tendu les jumelles : Cox et Julie, sac à dos, prêts pour une grande randonnée. Et le Disciple maximo. Ils se sont éloignés sur le causse, à pied.

— Qu'est-ce qu'on fait ?

J'hésitais. Phil m'a suggéré :

— On reste. À mon avis, ils sont en train de mettre en place une opération de repli. Il doit les amener se planquer. Dans une bergerie ou une grotte. Lui, il n'a pas de sac, je pense qu'il va revenir et se tirer en bagnole.

— J'espère que c'est le bon choix.

— Ils sont loin. Si on les suit, on risque de les perdre. Il y a des bois, un peu plus loin, des accidents de terrain, la nuit arrive, bientôt on n'y verra plus assez.

La tension est montée. On n'échangeait plus mais on songeait à la même chose : si personne ne revenait ?

Deux claquements secs ont retenti dans le silence oppressant. Phil a murmuré « putain ». Une demi-heure plus tard, le gourou a rappliqué. Seul. Tranquille, comme s'il rentrait d'une virée aux champignons. Phil s'impatientait :

— C'est sauve qui peut. Il décanille tous les témoins. Maintenant, il tardera pas à se débiner en bagnole.

— OK, on y va. Mets tes gants.

— Je ne les ai pas quittés depuis deux jours.

— Dis-donc, j'espère qu'il n'a pas déjà plombé Thomas.

L'obscurité était suffisante, on s'est approchés de la propriété.

Une fois près du mur d'enceinte, on s'est accroupis pour attendre. Toujours ce silence. Le causse pionce. Nul énervement de l'autre côté. Phil a grimpé, sectionné le barbelé à l'aide de son coupe-boulons et s'est précipité à l'intérieur de la propriété. Je l'ai suivi, le calibre dans la menotte. La cheminée fumait toujours. Tous les volets étaient rabattus. À l'extrémité de la maison, un appentis ouvert abritait la Mercedes et une autre petite voiture immatriculée à Paris. La tire des jeunots.

On s'est approchés de la porte d'entrée. J'ai mis le doigt sur la bouche pour souligner la nécessité de discrétion, puis tapoté mon cœur de ma main sans flingue. Traduction : j'ai les foies.

J'ai tourné la poignée doucement et poussé la lourde. Elle n'était pas verrouillée. Aussitôt, j'ai reculé à l'abri du mur extérieur et me suis poliment effacée derrière mes complices. Kalachnikov est passé devant, suivi de Phil puis de Lily, le calibre toujours dans la paluche gauche. L'œil droit fermé, prête à viser.

On s'est retrouvés seuls dans un corridor qui conduisait aux pièces du rez-de-chaussée. Un léger bruit nous parvenait de l'étage. Phil semblait préoccupé. Il lui paraissait délicat de monter au premier par un escalier en bois sans provoquer de révolution. Je regardais mon pote retenir sa respiration et j'essayais de l'imiter.

Chapitre XXVI

L'ascension à l'étage supérieur n'a pas été utile, le type est soudainement sorti de la pièce qu'il occupait au premier pour nous rejoindre. Il a fait grincer l'escalier. Philippe s'était planqué sous les marches et lui a sauté sur le râble dès qu'il s'est présenté dans son espace vital. Il l'a plaqué à terre tandis que je le tenais en joue. Gêné par deux valoches qu'il transportait avec peine, le gars n'a pas esquissé de geste de défense. Phil l'a relevé, et le cajolait en lui maintenant un bras plié derrière le dos. Mon pote accentuait la torsion dès que l'autre faisait mine de se dégager.

Phil l'a lâché une seconde pour mieux le reprendre mais à peine libéré de l'étreinte, le gonze s'est précipité vers la sortie. Phil a hurlé :

— Tire !

J'ai tiré. En direction des jambes. La balle serait sortie du canon et lui aurait arraché un bon morceau de mollet, hélas, c'était le jour du chargeur vide. Le pistolet a émis un clic ridicule.

Kalachnikov a réagi promptement et a soufflé une série de bastos en direction des jarrets du croisé, dans un boucan suffisant pour alerter des humains classiques. Phil avait perdu l'habitude de l'arme. Le canon s'est levé sous la force du recul et les ogives se sont dispersées autour du Disciple. Celui-ci s'est arrêté net. La trouille d'être transformé en chinois. Les projectiles venaient d'achever leur course dans le plâtre des cloisons. L'un d'entre eux avait explosé un cadre en verre qui protégeait une croûte moderne signée « la queue du chat ». La toile était désormais percée et cramoisie en deux endroits. Pas un dommage suffisant pour lui retirer sa valeur esthétique, au contraire, plutôt un rab d'originalité. De l'autre côté de l'arme, la crosse violemment projetée en arrière avait heurté la bouche de Phil. Un choc dans les gencives à transformer Shere Khan en végétalien intégriste. Phil a gueulé et craché deux pointes de canines sur le parquet.

J'ai couru vers la porte d'entrée et attendu en regardant vers le bâtiment qui abritait les apôtres de la Croix de saint Pierre. Pas de réaction. Les adeptes roupillaient, peut-être assommés par des cames variées. Ils n'appartenaient plus à la catégorie des humains classiques.

Le croisé gisait à plat ventre, immobile. Pas à l'envers, le Délégué de saint Pierre, mais à l'horizontale. Phil un peu énervé par l'attitude libertaire de Kalachnikov a agrippé le gourou par le collet et l'a tiré vers un fauteuil, près de la cheminée. Non sans mal, le gars, grand et baraqué, frisait le quintal. Pour montrer qu'on ne rigolait pas, Philippe a réquisitionné une pince en ferraille qui ornait la cheminée, une pince pour remuer les braises, et a balancé l'objet au visage de l'Apôtre. L'autre s'est affalé dans le siège en se tenant la pommette qui pissait le sang. Heureusement, le feu égayait l'atmosphère un peu lourde de la baraque.

Tenace, l'animal. Je l'ai dévisagé. Un costaud, presque rasé, des origines teutonnes. L'impression pénible de l'avoir déjà vu quelque part. Sans être capable de lui coller un blaze. Je cherchais. Pas de souvenirs en commun, non, pas un ami, une connaissance lointaine. Décoré de cinq piercings en cerf-volant, ça fait classe sur le causse. Quarante ans, pas plus.

— Ne le tue pas, Phil, on a besoin de lui, c'est le seul susceptible de nous renseigner sur Carayol.

Il est resté muet un long moment. Une inspiration, Phil m'a collé la sulfateuse entre les menottes et a vérifié les bagages du saint Homme. La première valise contenait ses fringues soigneusement pliées. La seconde protégeait de belles brochettes de talbins de cinq cents euros.

— Une pêche miraculeuse, mademoiselle ! Regarde !

— J'en avais jamais vu, des billets de cinq cents euros ! C'est les Allemands qui ont insisté pour les frapper. Un bon truc pour réduire l'encombrement. Des gens pratiques, ces Boches. Alors, d'où il vient, ce fric ? Monsieur, monsieur ?

Les services de l'identification étaient toujours en panne. De son côté, l'inconnu est resté silencieux, malgré un coup de saton dans la tronche sanguinolente. J'ai appelé Phil pour lui murmurer :

— Faudrait pas qu'il joue la montre et que des renforts se pointent. On active ou alors, on le donne aux flics.

— Et s'il prétend qu'on l'a allumé ? Les marques de Kalachnikov, on les justifiera comment ? On s'est servis d'une chignole mais on n'est pas des champions du bricolage ? Attends : dernière tentative.

Phil a remis un coup de pinces à bûches. De l'autre côté.

Pas d'effet. Le fils faisandé de saint Pierre n'avait pas encore proféré la moindre parole.

— Il est pas français ? a suggéré Phil.

— On va essayer le hongrois, pour voir.

Pour voir sa réaction, surtout. Impassible, le gourou. Pas les profanes : à cet instant, on a frappé à la porte. L'adrénaline a inondé nos veines. Mon cerveau bien irrigué en a pris une giclée. J'ai ordonné doucement mais fermement en direction du Disciple en chef :

— Dieu, tu la boucles. Si tu bouges, mon pote te troue.

Phil a bien coincé la Kalachnikov sous son bras et a placé le camarade dans le prolongement du canon. Je me suis partiellement déloquée. J'ai juste conservé un tee-shirt échancré. Et ma petite culotte, mais le tee-shirt un peu étiré sur les cuisses laissait planer le doute sur sa présence. J'ai entrouvert la porte. Un type en burnous se tenait sur le seuil. Une dizaine d'autres attendaient en retrait, dans le même uniforme. Le délégué aux palabres m'a considérée de haut en bas. Moi aussi. Gris, sous la capuche. Maigre et gris. Seuls les quatre piercings métalliques brillaient légèrement. Le cinquième est apparu au milieu de la langue lorsqu'il a articulé :

— Nous avons entendu du bruit. Comme des coups de feu. Le Maître va bien ?

Longs à la détente, les sbires. Je l'ai encore dévisagé. Il ressemblait à l'image de la mort. Il lui manquait la faux. Je l'ai rassuré :

— Le Maître va très bien. Il se détend. Il souhaiterait un peu de tranquillité. Ne pas être dérangé, par exemple.

L'autre a contesté :

— Mais, les coups de feu ?

— Ça fait partie de ses phantasmes. Le fouet ne lui suffit plus. Attention, on tire en l'air, c'est un jeu. Retournez prier, s'il vous plaît.

Le burnous articulé n'avait pas l'intention de se tirer. Sans doute mes cuisses l'attiraient-elles plus que la prière envers un Dieu bidon. Je ne l'en ai pas blâmé.

— Vous êtes la nouvelle Maîtresse ?

— Absolument. Et je vous prie de rejoindre vos compagnons.

Il s'est décidé à se barrer. J'ai songé que pour les maintenir dans un tel état, le gourou devait saler leurs pitances de cames particulièrement vigoureuses.

— Bonne nuit. Le Disciple répète qu'il souhaiterait ne plus être ennuyé. Même si vous entendez des coups de feu.

La mort s'est éloignée dans le néant. Convaincue du caractère sacré des plaisirs du Maître. Elle a disparu et a rejoint ses congénères. L'armée des ombres s'est éloignée dans le brouillard, tels les hussards de Napoléon pendant la retraite de Russie. Prêts à tomber à chaque pas.

Je me suis rhabillée, Phil risquait de se déconcentrer. Mauvaise langue ! Durant ma conversation avec le spectre, il lui était venu une excellente idée qu'il a testée à mon retour dans la pièce. Il s'est dirigé vers la valise de billets, l'a approchée de la cheminée et a manipulé une liasse avant de la jeter dans les flammes en fredonnant :

— « Fais du feu dans la cheminée... » C'est dingue le nombre de refrains dont on ne connaît que la première phrase. Tu connais la suite, toi ?

Le Disciple a blêmi. Il vacillait, Philippe a attrapé une seconde liasse puis, a jeté les billets un par un. Encore un souffle et le gourou allait s'allonger. Les hussards de Napoléon sont revenus dans mes méninges et ont insisté pour me rejouer leur théâtre d'ombre et de brume. Des silhouettes chancelantes se débattaient pour avoir l'honneur de me susurrer un nom. Napoléon. Pierron. J'ai hurlé :

— Putain ! Jean-Michel Char !

Cette fois, il a changé de tronche.

On connaissait son identité, la donne avait changé. Il a enfin consenti à se mettre à table. Pas de temps mort, si d'aventure il hésitait, on cramait un bifton. Cinq cents euros la seconde de réflexion. Par bonheur, il n'était pas bègue.

Ils ont coûté cher, ses aveux. Naturellement, Char ignorait notre niveau de connaissances. Au début, il a pensé qu'on avait échoué au certificat d'études. Il a parlé de la secte, des adeptes qui le payaient, certes, mais jamais sous la contrainte. Comme le denier du culte, ni plus ni moins. Un peu d'oseille au feu et il a avoué ses habitudes de camer à mort ses petits camarades. Pour cinq cents euros, l'existence de son cabinet de recrutement dirigé par Cox et Julie nous a été confirmée. Il nous respectait déjà un peu plus. Brevet des collèges. Quand j'ai évoqué le cadavre de Martin Renault, il a compris qu'on possédait nos deux bacs. Plus besoin de brûler de monnaie.

L'arrivée de Martin dans la secte datait de trois ans. Appâté dans les Corbières lors d'une petite sauterie estivale : « T'as des problèmes, on en parle quand tu veux ». Puis ferré par Julie. Une aubaine, sa famille roulait sur l'or. Peu à peu, le Disciple avait accru ses exigences financières et Martin tapait son père régulièrement. Le dessinateur culpabilisait devant la dérive de son gamin et raquait afin de regagner un bout d'estime. À l'insu de sa femme. Jusqu'au jour récent où le fiston a demandé une somme plus importante. Run s'est insurgé, le fils et le père se sont engueulés et Martin a décanillé son paternel. Pour ce dernier voyage, le Saint Homme avait accompagné Martin mais s'était tenu à l'écart de la maison. Trop connu dans la turne !

— C'est Martin qui a descendu son père. Avec l'aide du jardinier qui voulait une partie du pognon. Après, on s'est barrés avec le fric. Martin et le jardinier étaient dans la même voiture, devant moi. À un moment, la voiture s'est garée sur le côté de la route. Je me suis arrêté derrière eux. Ils sont descendus, ils se battaient, le jardinier avait le flingue et a tué Martin. Je l'ai simplement aidé à camoufler le mort et à pousser la bagnole dans la rivière.

Promis, juré, s'il ment, il va en enfer…

— D'accord. C'est pas moi, c'est lui. Finalement, mis à part le vol, t'as pas fait trop de mal. On te donne aux flics. Avec un bon avocat, tu vas t'en prendre pour cinq ans. Ça te convient ?

Ça lui convenait, ma *non troppo*. Il s'attendait à une entourloupe. Elle est arrivée.

— Et où il est, maintenant, le jardinier. Pourquoi tu le protèges ? Pourquoi tu cours la France pour téléphoner à sa place ? Qu'est-ce que vous fricotez ensemble ? Hein, il est où, ce con de jardinier ? Parce que si tu baratines pas mal, moi aussi, je suis une sacrée mytho. Et depuis le début, tu crois que c'est Martin qui m'intéresse et ben pas du tout. C'est l'autre que je veux. Où il est ?

Il a froncé les sourcils. L'air du mec qui reprend la main. Le sentiment que ses adversaires n'ont rien compris. Ils ont passé un bac bas de gamme.

— J'en sais rien. Il s'est tiré dans la nature dès que Cox et Julie nous ont parlé d'un type et d'une fille qui recherchaient Martin. Il a pris peur.

— Donc, tu ignores tout de l'endroit où on peut le serrer. Tu nous reprends pour des cons ? Au fait, tu m'expliques à quoi ça sert, une enclume ?

L'outil de forgeron avait viré l'armée des moribonds de mes méninges et me titillait le cortex. Toujours aucune hypothèse sur son rôle dans la comédie. Le gourou n'a pas bronché et ne m'a pas éclairée sur la réelle fonction de l'outil. J'ai ajouté :

— J'y avais jamais pensé, mais « enclume » c'est presque une anagramme d'« enculé ». Tu sais ce que c'est, au moins ? T'en croises un dès que tu passes devant un miroir, hein ?

Pas plus de réaction. Qui ne dit mot consent.

— Bon, j'ai une idée pour te rafraîchir la mémoire : le jardinier, je suppose qu'il s'est réfugié un peu plus loin sur le Causse, avec Cox et Julie ?

La question a entraîné un silence poli et nous a coûté quelques deniers. Phil a levé la pince à braises et a asséné une nouvelle taloche sur la pommette blessée de notre interlocuteur. Celui-ci s'est affaissé sur le parquet. La douleur et la trouille commençaient à l'affaiblir sérieusement. Il s'est affalé :

— Thomas Carayol était mon complice. Il avait tout manigancé pour piquer le fric de Run. Il l'a tué, ainsi que Martin. Depuis que vous nous cherchez des noises, on s'est engueulés. Il s'est tiré avec une partie du pognon, moi, j'ai préféré rester. Je ne suis sûr de rien, mais il a évoqué la possibilité de retourner en Hongrie.

Phil m'a regardé et a émis un coup de sifflet admiratif, accompagné d'un :

— Ben, putain. Et sa copine qui n'a rien vu.

— Comme tu dis. Un dernier truc : des mecs en cagoule prêts à violer n'importe qui, ça te parle ?

Jean-Michel Char a montré une certaine surprise. Il n'avait pas l'air au jus. J'en avais ma claque de son exhibition. J'ai laissé les rênes à Phil.

— Phil, continue à discuter, je visite. Avec un peu de bol, j'aurai une bonne idée.

La baraque était agréablement meublée. Style rustique, meubles cossus. Rien à voir avec le dénuement prôné pour les adeptes. Le meilleur moyen pour se détacher des contingences matérielles, c'est de se mettre à l'abri du besoin. Beaucoup plus efficace que la spiritualité.

À l'étage, la piaule du Disciple, soigneusement vidée, exhalait des arômes de départ pour un long voyage. Peut-être sans retour. J'ai eu raison de fouiller: dans un tiroir, ma main s'est affalée sur une carte postale du château de Kesthely, Hongrie, adressée à Thomas Carayol par Attila Kocsis. Le modèle pour ses dessins d'Europe centrale, comme celui que j'avais trouvé chez Run. Et en dessous, l'adresse dudit Attila, à Pécs. Carayol avait donc séjourné ici et y avait entreposé des souvenirs.

Les autres chambres ne semblaient pas occupées. J'ai rejoint les deux garçons au rez-de-chaussée. Ils paraissaient avoir épuisé les sujets de conversation. Dernier coup d'œil au placard à chaussures: d'un côté, les pompes de madame, une collection de marques. Quantité et qualité. Des pour l'hiver, des pour l'été, des mi-saison, des pour guincher, des pour sortir, bien brillantes et bien mignonnes, prêtes à accueillir un joli petit peton. De l'autre côté, moins de variété. Du croco, du cuir, enfin de la belle grolle. Belles et immenses, à la taille du proprio. Rien à grappiller là non plus.

Phil a résumé leur conversation:

— Impossible de le faire baver sur la localisation de Carayol. Il en reste à sa version. Pour moi, il baratine, aussi, je te propose de veiller avec lui. On l'empêche de dormir. Demain à l'aube, il sera lessivé, il accouchera.

On a pioncé à tour de rôle en échangeant nos places toutes les deux heures. Auparavant, Phil avait lié le gourou à son fauteuil à l'aide de fil électrique, faute de mieux.

Aux premières lueurs de l'aurore, les adeptes ont commencé à chatouiller leur chapelet. Étonnés de ne pas voir le Maître, ils sont venus le chercher. Ils ont insisté. À bout de forces, Char s'est mis à hurler, un fou est entré, une fourche à la main. Phil l'a tenu en joue. Le gourou a profité de l'aubaine pour se faire la malle, avec sa malle de biftons. Le croisé l'a suivi, puis d'autres ont rappliqué armés de tout ce qui peut nuire à son prochain dans une vieille ferme de montagne. Masses, pics, pelles… On s'est enfermés dans la baraque, on a entendu une bagnole démarrer et observé des phares rouges s'éloigner en direction des gorges de la Jonte.

— Merde. J'appelle Claude.

Claude était éveillé. Il a répété les ordres : emboîter le pas au gourou, le seul susceptible de nous amener vers Carayol. J'espérais encore que Char nous avait raconté des charres et qu'il avait prévu de retrouver Thomas dans une planque commune. Sinon…

Chapitre XXVII

— On calte, dépêche-toi, a intimé Philippe. J'ai mal aux gencives.

J'ai obéi. Malheureusement, à peine le seuil de la porte franchi, le comité d'accueil nous attendait. Sans tapis rouge. Vingt silhouettes encapuchonnées, munies d'outils rouillés mais pointus. Phil portait toujours la Kalachnikov en bandoulière. Il l'a saisie et a menacé un croisé qui tentait de lui harponner une guibole. La bande a reculé et s'est regroupée en un demi-cercle. Face à nous, à une dizaine de mètres de distance. On était adossés à la maison.

— On passe, a ordonné Phil.

Il a avancé d'un pas serein. Deux apôtres se sont opposés, les tridents en avant.

— Fais gaffe, Phil. Ils n'hésiteront pas. Ils nous tueront sans états d'âme. C'est le résultat d'années de plombage de cervelle. Souviens-toi des suicides collectifs.

— Permets-moi de te rappeler la valeur des mots. Les suicides dans lesquels des gamins sont liquidés, j'appelle ça des crimes. Ça change pas grand-chose au problème présent. Qu'est-ce que tu proposes ?

— Trois solutions. Soit on leur rejoue les Horaces et les Curiaces, je suis spécialiste. Soit tu fais un carnage ou bien dernière proposition, on adopte leur *way of life*.

Les sectaires ne bougeaient pas. Phil a tiré en l'air, ils n'ont pas cillé. Il m'a rétorqué :

— Les Horaces et les Curiaces, ça fonctionne en cas de légère infériorité numérique. Pas possible aujourd'hui. Adopter leur « way of life », je n'y suis pas prêt mentalement. Pas encore. Pour moi, il reste le carnage. Je leur rendrai service.

Mon pote a pointé l'arme vers des pieds choisis au hasard et a balancé une salve. Les visés se sont à peine éloignés.

« Le nucléaire ne dissuade que contre le nucléaire » affirment les meilleurs stratèges. La Kalach ne dissuade pas la fourche. Comme on tirera pas et qu'ils le sentent, il faut qu'on s'en sorte autrement.

Tout d'un coup, Phil a gueulé :

— Viens.

Il m'a agrippée par l'épaule, m'a jetée dans la maison et a suivi. Il a refermé la porte et tourné le verrou.

— Par là.

On a couru vers une fenêtre à l'opposé, on a sauté à l'extérieur et on s'est fait la belle à travers la pampa, chargés d'une Kalachnikov. Les fantômes s'activaient près de la porte et ne nous ont pas aperçus immédiatement. J'ai rejoint la voiture à bout de souffle, tandis que Phil couvrait notre fuite à coup de mitraillette. J'ai démarré en trombe, porte du passager ouverte. Philippe s'est jeté sur le siège et a expédié quelques rafales sur les poursuivants les plus proches. Les types se sont affalés dans la toundra, puis se sont relevés quelques secondes plus tard, sains et saufs.

— Merde, ratés.

Le silence nous a accompagnés plusieurs kilomètres. Le temps de retrouver un rythme cardiaque habituel.

— On a eu du bol. Quelle bande de cinglés.

— T'as raison. Mais putain, pour Carayol, c'est le brouillard. Je n'ai plus la moindre idée. Bon, j'appelle Claude.

Claude Chalmé était aux abonnés absents, peut-être concentré sur sa conduite et dans l'incapacité de répondre. On a décidé de foncer vers Millau, là-bas, on aviserait. La descente vers les gorges de la Jonte était toujours aussi impressionnante. Surtout au petit matin, à la lueur des phares. Les falaises, les rochers en équilibre, les abîmes dont on ignore le terme comme autant d'enfers à portée de main, les bergeries de pierre fondues dans les chaos. Paysage exceptionnel, que l'on a dédaigné, trop absorbés par nos préoccupations. On a dépassé l'endroit où on avait laissé Claude la veille. Désert. Les événements semblaient s'être déroulés comme prévu : Char avait emprunté la route et le père de Myriam avait suivi.

Je réfléchissais en essayant de rassembler toutes les informations à ma disposition. Le prophète ne respirait pas la franchise : ses derniers propos indiquant la fuite de Thomas sonnaient faux. Jean-Michel Char était capable de nous envoyer au bout du monde, c'était même dans son intérêt de brouiller les pistes. Et puis, j'avais un principe : ne jamais croire un individu qui prétend détenir la vérité. Surtout s'il y a un Dieu pour la lui souffler. On va la chercher, la vérité. Sans aide divine, sans symboles sur la tronche et sans nuire à une kyrielle de naïfs. Ces gourous sont des mythomanes. Je cogitais grave lorsque le téléphone a sonné. J'ai hurlé :

— Claude ?

C'était lui. Dans un piteux état. Jean-Michel Char lui avait échappé.

Chapitre XXVIII

Claude nous attendait à Millau, sur le parking de la gare. On l'a rejoint peu après. Il patientait, debout près de sa voiture. Le véhicule avait l'avant droit bien enfoncé. Le père de Myriam nous a déclaré :

— J'ai touché un rocher en le poursuivant. Ensuite, ma voiture n'avançait plus et il s'est enfui. Je suis désolé.

On n'a rien dit. On n'allait pas l'accabler, dans sa situation. Phil a suggéré de rentrer à Paris, tous ensemble. Il a conclu :

— Je crois qu'on a perdu.

Claude s'est dirigé vers son coffre pour y prendre un bagage. Une valoche que j'avais déjà eu l'occasion de rencontrer. J'ai fait :

— Monsieur Chalmé, vous nous avez tout dit ?

Il a fondu en larmes. Et restauré la fin de l'histoire.

Claude Chalmé avait garé sa voiture au milieu d'une épingle à cheveux. Jean-Michel Char avait déboulé à fond et percuté le véhicule. À peine sorti de sa voiture, l'artiste avait croisé le père de Myriam. Celui-ci, armé de son fusil de chasse lui avait rapidement expliqué qui il était, puis l'avait descendu froidement. Ensuite, il l'avait remis au volant de son véhicule et poussé l'ensemble dans le précipice tout proche. Exit Jean-Michel Char, adieu Thomas Carayol. J'en voulais un peu au père de Myriam, mais je le comprenais. Il a conclu en me tendant la valise :

— Ce n'est pas l'argent qui me rendra Myriam.

J'ai songé : « La vengeance non plus. » Claude a ajouté :

— Je suis désolé pour vous, je crois que Thomas Carayol vous a définitivement échappé.

On s'est installés dans le véhicule encore en état, Phil a démarré et prit la direction de Paris. Je ruminais ma défaite. Non, non et non, me serinait l'armée des ombres. Soudain j'ai hurlé :

— Je suis débile, ou quoi ?

— Tu parles toute seule, Lily.

— Ouais. T'inquiète. Un truc qui me chiffonne.

J'ai vérifié le truc. Grâce à un appel auprès de la restauratrice du Boulou, la seule qui avait aperçu Thomas depuis le crime. Elle se souvenait encore de moi. Et de l'accent de son client meurtrier :

— Non, quand je vous ai dit qu'il avait l'accent, c'était l'accent de Paris ! De toute façon, chez nous, on n'en a pas, d'accent !

— Merci, madame Marty. Bonne journée.

Putain con ! Pas d'accent ! Macarel ! Que boudu, nous autres de là-haut, il nous faut un interprète. Bien entendu, si madame Marty m'avait souligné que son client avait un accent, c'était naturellement qu'il ne parlait pas comme elle. Sinon, elle ne l'aurait pas remarqué. Donc il avait des intonations d'au-delà de Clermont-Ferrand. Il parlait pointu. Conclusion, ce n'était pas Thomas. D'ailleurs, elle ne l'avait pas formellement reconnu. C'était déjà le Prophète. Enfoiré de Prophète de malheur. Qui est parti en Hongrie avec les papiers de Carayol. Carnet de chèques, passeport. Grand, costaud, pas trop vieux, le douanier assoupi qui l'a contrôlé l'a pris pour Thomas et a donné sa bénédiction.

— Tu me mets au jus ?

— L'accent, par les tripes de Marx ! La turista, par le sang de Lénine ! La grolle, par les viscères de Babeuf ! Le château de Kesthely, par la cervelle de Proudhon ! Et l'enclume, par les entrailles du Che ! Venez. Magnons-nous. Demi-tour vers la gare de Millau, j'ai à faire et je crains d'être obligée d'appeler la force publique. Aussi, je vous licencie, il vaut mieux que votre œuvre demeure inachevée et anonyme.

Chapitre XXIX

Phil et Claude ont pris le train. Philippe a conservé une partie du fric pour la saine gestion de nos modestes affaires et j'ai dissimulé le reste dans un petit sac à dos. J'ai roulé sans arrêt, malgré la fatigue. À onze heures du soir, je tambourinais à la porte de Schéhérazade. Un bonsoir timide, la réputation des journalistes définitivement ternie surtout après ma requête :

— J'ai besoin d'une chaussure de Thomas. Et puis, si je pouvais prendre une douche et vous emprunter des habits, on fait à peu près la même taille.

Tandis qu'elle s'est éloignée quérir la pompe et les frusques, j'ai pris le sac de billets que j'avais gardé et je l'ai posé sur son canapé.

— Tenez, c'est pour vous. Vous regarderez plus tard.

Elle a remercié, sans ouvrir le sac. J'ai hésité un instant mais je n'avais pas la force d'en dire plus. Et puis, si je m'étais trompée…

Douche rapide, renouvellement express de nippes, j'étais vraiment dégueulasse. Schéhérazade m'avait demandé si je voulais une jupe ou un futal. Le « fut » s'imposait, j'avais prévu encore un peu de sport.

Adieux tronqués sur le pas de la porte. La bise de Lozère était devenue cers. Un changement de nom, pas de température. Dix minutes plus tard, j'errais le col relevé autour de la campagne de Run.

La chaussure étalon prêtée par Schéhérazade a fourni son verdict : même pointure que le soulier de clown oublié près de la maison du dessinateur. La grolle appartenait à Thomas et il ne l'avait pas perdue par hasard. Je me suis assise sur une vieille souche de cyprès et j'ai reconstitué la scène : l'orage, la flotte envahit tout, ils sont pressés, Martin n'était pas très costaud, même avec l'aide du Guide, ils n'ont pas pu courir très loin chargés d'un corps et d'une enclume. Ce que je cherche est tout proche. Et expliquerait la turista.

Je me suis dirigée vers la réserve d'eau en pierre. Attenante à la maison, elle ressemblait à une petite tour circulaire. J'ai grimpé au sommet en insérant mes pieds entre les cailloux, la lampe de poche entre les dents. Parvenue en haut du mur, j'ai posé la torche en équilibre sur la margelle, le rayon dirigé vers l'intérieur. Les pierres servaient d'habillage esthétique. Elles entouraient de toute part un grand cylindre de zinc : la cuve qui abritait la flotte. Elle recueillait les eaux pluviales grâce à un réseau de gouttières qui convergeaient vers un grand collecteur. Ce tuyau s'arrêtait au-dessus de la cuve et l'alimentait les jours d'intempérie.

Dans la cuve, l'eau est apparue, noire et calme. La lampe se reflétait, troublant un peu la vision. Malgré tout, le fond était visible. Je ne m'étais pas trompée.

Une enclume liée à un corps, un corps auquel il manquait une chaussure. Thomas Carayol avait les traits déformés par son séjour dans la flotte mais j'avais suffisamment maté sa photo pour le reconnaître. Le cadavre était planqué dans la citerne depuis sa mort. Invisible sauf depuis le ciel.

Ma lampe de poche a pris sa retraite. Un coup de coude malheureux et elle a rejoint le fond de la cuve. Je suis redescendue à terre, dans l'obscurité. Mon téléphone portable m'a permis d'éclairer faiblement mon chemin. En suivant le mur de la bâtisse, j'ai fini par atteindre ma caisse. La tocante indiquait minuit. Une heure décente pour cogiter. Comment informer la force publique sans trop me compromettre ?

J'ai improvisé. À deux heures du matin, chez le lieutenant Le Garrec. Il a un peu vitupéré quand je lui ai suggéré de lui conter mon histoire en pleine nuit puis a partagé une cafetière. Sans sucre, mais avec une petite cuillère.

— Essayez d'être claire et commencez au commencement, s'il vous plaît.

— Au Big Bang ?

— Non. Juste au commencement de l'affaire. Et évitez les digressions, je n'ai personne pour enregistrer. Je n'ai que deux doigts pour taper, c'est lent. D'ailleurs, vous pouvez encore opter pour une nuit de sommeil et remettre ça à demain matin.

— Pas question. Je vous tiens. Si vous étiez muté durant la nuit, je n'aurais pas confiance envers un autre flic.

Le flic a souri et m'a demandé :

— Vous faites dans la parapsychologie ou quoi ? J'ai reçu mon avis de mutation ce matin. Je pars du département dans deux semaines...

— Vous rentrez en Bretagne ?

Le Garrec a murmuré :

— Hélas, non. Je pars en Alsace. Ça ressemble à une sanction, pour moi qui réclame les Côtes-d'Armor depuis cinq ans.

Le lieutenant a ajouté amer :

— Je dois tout ça à un contrôle de vitesse trop zélé sur le fils du sous-préfet. J'ai suivi la procédure jusqu'au bout alors qu'il aurait été si simple de passer l'éponge. Depuis, ma hiérarchie cherche un moyen pour me féliciter...

— Bien. Je suis désolée pour vous, mais puisque vous êtes encore là, je me dois de vous signaler mes dernières découvertes concernant l'assassinat de Run : j'ai identifié le mort de la voiture et retrouvé Carayol.

Le Garrec a saisi son téléphone en beuglant :

— Où est-il ? Vite, j'envoie une équipe.

J'ai calmé son enthousiasme :

— Il n'y a pas d'urgence. Carayol est mort.

Le Garrec m'a fixée de son regard bleu horizon breton. Un regard qui exigeait des explications.

— L'affaire n'a pas grand-chose à voir avec celle qu'on imaginait depuis le début. Le corps trouvé dans la voiture de Carayol est celui de Martin Renault, le fils du dessinateur. Le garçon frayait avec une secte et tapait du pognon à son père depuis pas mal de temps. Sous l'influence d'une espèce de gourou malfaisant.

Je n'ai pas donné l'identité du gourou. Il vaut mieux ne pas en savoir trop. J'ai poursuivi :

— Voilà comment les choses se sont déroulées.

J'ai narré ma version. La partie audible par un flic. Presque la vérité, un peu plus, un peu moins, sans lever la main droite. Martin Renault avait rencard avec son père le jour de l'orage. Il voulait du fric, comme d'habitude, et ordonnait à son géniteur de ne pas divulguer leurs rencontres. Run obéissait, trop heureux de combler son fils. Cette fois-là, le transfert de fonds devait être conséquent et le gourou avait préféré accompagner son ouaille, on ne sait jamais. En fin d'après-midi, les croisés avaient attendu le départ de Thomas, puis Martin s'était présenté seul pour prendre la monnaie : le gourou n'avait nulle envie de se dévoiler et se planquait à l'extérieur.

Malheureusement, Carayol s'était pointé durant les palabres avec le père Run. Un retour imprévu. Poisse, quand tu nous poisses. Thomas avait sans doute entendu la conversation et s'était transformé en témoin gênant. Très gênant. L'Apôtre avait décidé de supprimer tout le monde. Martin connaissait la cabane de Thomas et l'existence du fusil. Il était parti chercher l'arme. Qui avait descendu Thomas puis le dessinateur ? Le Guide ou Martin ? Il serait délicat de l'établir. Après ces deux meurtres, les assassins avaient dissimulé dans la citerne le corps de Carayol lesté d'une enclume, et mis en scène sa fuite. Le pauvre Thomas passait du stade de témoin gênant à celui de meurtrier. Ensuite, les croisés s'étaient tirés, l'un dans la bagnole qui les avait amenés, l'autre dans celle de Carayol. Finalement, l'irruption imprévue de Thomas était une aubaine : la société tiendrait un coupable parfait. Nouveau coup de chance, le gourou avait déniché par hasard une carte postale de Hongrie, près de la table à dessin. Destinée à Thomas. Le jardinier s'en servait de modèle. Il y avait le nom et l'adresse de l'expéditeur. Martin qui avait un peu fréquenté Thomas par le passé avait pu confirmer la relation avec le jeune Magyar. Inspiration géniale, le Disciple avait décidé de partir se réfugier chez Attila, en Hongrie, comme aurait pu le faire Carayol. D'ailleurs, j'avais retrouvé cette carte chez lui.

Par la suite, le plan s'était déroulé normalement. D'abord, le meurtre de Martin. Le jeune homme était trop instable. Et complètement inutile : suite à la mort de son père, la source de pognon était tarie donc autant supprimer le gamin. Ensuite, la fuite en lieu et place de Thomas. Départ à Barcelone, via Le Boulou, avec les nippes du suspect numéro 1 sur le dos. Juste un léger stress, le Guide était en possession d'une belle somme en liquide. Il l'avait laissée dans le coffre de la voiture, sur le parking de l'aéroport et l'avait récupérée quelques jours plus tard. Tout baignait. Thomas présentait une tronche parfaite de double assassin, les flics le croyaient vivant et le recherchaient. De temps à autre, le Disciple téléphonait à Schéhérazade, depuis des cabines téléphoniques habilement choisies. Rien ne semblait devoir bouleverser son grand projet. Grâce à tout son fric, il prévoyait sans doute de se tailler en Amérique du Sud. Adieu les croisés.

L'avenir était assuré. Hélas, Cox et Julie s'étaient mis à déconner. Une recrue avait calanché d'un abus de produits pharmaceutiques et un type et une nana inconnus les avaient rudoyés afin de retrouver Martin Renault. Là, le gourou s'était planté. Il avait préféré attendre les jeunots à Saint-Pierre-des-Tripiers afin de les éliminer. S'il s'était tiré avant, on ne l'aurait plus revu. Trop de temps perdu, je lui avais mis le grappin dessus et il n'avait plus de solution de repli. Enfin, si. Une. La fuite. Les sectes terminent leurs romances en suicide collectif, l'œuvre des croisés de saint Pierre demeure inachevée. Juste quatre meurtres. Pas de quoi entrer dans l'élite du genre, très loin des virtuoses du Temple du Peuple au Guyana, du Temple Solaire ou des Davidiens de Waco.

Le Garrec a bâillé et m'a posé une question :

— Vous êtes en mesure de prouver ce que vous affirmez ?

Petit mensonge indispensable :

— Oui, je peux le faire. D'abord, on doit retrouver le gourou. Je l'ai vu s'enfuir en voiture vers Millau. Auparavant, j'avais entendu deux coups de feu. Il y a sans doute deux corps sur le plateau, à proximité des apôtres de saint Pierre.

Le Garrec a activé les réseaux policiers. Je me suis installée sur une chaise dans le corridor d'accès aux futurs coupables et j'ai machinalement saisi *La Dépêche* de la veille. Une tronche que je connaissais ornait la une avec un titre explicatif :

« Un entrepreneur local incarcéré ».

Roland Espigue était en garde à vue. Le brave patron avait dépêché des hommes de main afin de menacer un inspecteur du travail. Une agression type pirates de la route, par des individus cagoulés. Malheureusement, ces pieds nickelés s'étaient gamellés en voiture. Serrés par les gendarmes, ils avaient balancé. Leur déguisement gisait lamentablement en page intérieure du canard : une cagoule corse et une autre fauchée au KKK.

Pigé : Espigue, après notre conversation, m'avait prise pour une fouineuse nuisible à la libre entreprise et avait activé ses réseaux de petites frappes. Histoire de refroidir mon ardeur au boulot. Ça m'apprendra à mentir. Dans l'affaire, j'ai gagné l'expulsion de mon petit Indien.

Une plombe plus tard, alors que je somnolais sur ma chaise, satisfaite d'avoir bouclé mon casting, les gendarmes lozériens sonnaient. Ils avaient coffré quatre types en burnous qui jouaient à colin-maillard autour de croix renversées. Des gars au comble de la maigreur et peu volubiles. Plus loin, sur le causse, le reste de la bande s'était éparpillé et psalmodiait des litanies étranges. Le groupe s'apprêtait à perpétrer une tuerie collégiale par crucifixion pieds en l'air : hélas, on était en présence d'amateurs bricolos qui réapprenaient l'usage du marteau et des clous. Les flics avaient dénoué dans l'urgence le premier volontaire pour le grand voyage, un joyeux disciple qui agonisait la tête en bas. Puis coffré tous ses camarades qui le reluquaient en gazouillant.

Peu après, les poulets nous ont prévenus du repêchage de deux corps et du fusil de chasse de Carayol, dans un gouffre du causse Méjean. Les flics avaient déniché les douilles, parcouru les alentours et exploré le trou. Ils concluaient au double meurtre de Cox et Julie par le détenteur du fusil. En fouinant dans la descente vers les gorges de la Jonte, les flics avaient décelé des traces d'accident. Des vautours tournoyaient autour d'une bagnole à moitié calcinée, coincée à mi-paroi. Une équipe d'alpinistes avait atteint la tire et son occupant, tronche en bas, bras en croix. Cramoisi. Les services de l'identification allaient se mettre au boulot.

À cet instant, dans la vallée de l'Orbieu, le corps de Thomas Carayol était extrait de la réserve d'eau. Bien avancé, susceptible de contaminer la flotte et de refiler la chiasse, même à un Indien rebelle et rustique. Le cadavre de Martin Renault, inhumé l'avant-veille faute de proprio serait également dérangé. Sa mère l'examinerait puis, au cas où elle ne pourrait se prononcer, on procéderait à une analyse ADN.

Le lieutenant m'a offert une collation. Il m'a proposé un plumard mais j'ai préféré me barrer. J'ai essayé d'appeler Hubert Renault. Je lui ai laissé un message, avec les principaux éléments : Carayol était mort depuis le premier jour. Le pauvre, il m'avait financé pour rien. Un autre appel chez Phil qui pionçait sous calmant. Solange avait placé le blé à l'ombre. Toutes ces conversations n'avaient qu'un seul intérêt, m'offrir un peu de répit avant les explications que je devais à Schéhérazade.

La petite a encaissé. Thomas n'était pas un assassin. L'histoire aurait pu être belle. Elle était réhabilitée dans la vallée, mais elle n'y resterait pas. Elle s'est assise dans le seul fauteuil du salon et a fermé les yeux en pleurant. Pas grand-chose à dire, le bonheur avait fui pour un bon moment. Du coin de l'œil, j'ai cherché le sac de biftons que je lui avais légué la veille. Il roupillait sur une étagère. Je lui ai simplement proposé de ne pas le balancer sans l'ouvrir puis je suis partie. Avec ses fringues. À l'instant où je me suis enfuie vers Paris, elle chialait toujours.

Le Garrec m'a interceptée par l'intermédiaire du téléphone, avant ma randonnée vers la capitale.

— Faites un saut, j'ai à vous parler.

J'ai obéi. Il valait mieux collaborer. Le lieutenant m'a accueillie sans excès de chaleur. Comme un gendarme.

— Votre version se confirme. Il reste différents points à éclaircir: qui a tué Run et Thomas? Martin ou le gourou? Remarquez, on s'en moque, les deux sont morts. Par contre, j'aimerais savoir comment vous détenez toutes ces informations? La question serait inutile s'il n'y avait pas, selon vous, du pognon dans la nature. Combien? Et où est cet argent? Vous n'avez pas des idées là-dessus?

J'en avais. Le Garrec s'en doutait. Malgré tout, je le sentais prêt à me laisser peinarde. Sa mutation lui restait en travers de la gorge, je lui avais filé un sacré coup de patte et il désirait simplement boucler une histoire plausible pour sa hiérarchie. Pour le fric, j'ai dans un premier temps évoqué les autres adeptes en burnous. Il serait judicieux de les interroger. Sceptique, le flic. Il a insisté. En lâchant ses doutes un par un. Un désir irrépressible de connaître la vérité:

— Mes collègues ont trouvé des traces de balles provenant d'une arme automatique dans la maison du gourou. Comme s'il y avait eu une intervention extérieure pour l'empêcher de fuir. Intervention de personnes étant parfaitement au jus. Vous n'avez pas croisé d'autre enquêteur indépendant dans vos pérégrinations?

Silence. Le Garrec avait pigé l'essentiel. Il a continué en parlant à voix basse comme s'il était seul:

— Pour bien faire, il faudrait impliquer un autre membre de la secte. Qui aurait menacé son propre Guide, lui aurait tiré dessus avant de piquer son pognon. Et qui désormais errerait dans la nature. Ça expliquerait tout, mais ça nous obligerait à prolonger nos investigations. À rechercher un individu dont je doute de l'existence. Et donc, je suis un peu gêné de consacrer les deniers publics à ce genre de comédie.

Il s'est tu. Une pause qui ressemblait à une invitation à livrer une version moins édulcorée. J'ai saisi l'occasion :

— Vous savez, ces types, je ne suis pas sûre qu'ils raisonnent comme vous et moi. Si ça se trouve, le pognon, le Disciple l'a détruit. Peut-être qu'on trouvera des traces de billets brûlés dans sa cheminée.

Pour les impacts de balles, j'avais une hypothèse : une comédie du gourou, destinée à terroriser les deux jeunes.

— Et l'arme, où est-elle ?

— Le causse Méjean est immense. Il a pu la jeter n'importe où.

Le Garrec s'est caressé le menton. Le puzzle était présentable. Une pièce manquait encore, une pièce essentielle : l'identité du gourou.

— Je n'en ai pas la moindre idée. Je ne l'ai même pas aperçu.

Mon lieutenant a hoché la tête et ajouté :

— Dommage. Sa disparition lui confère un statut quasi-mythique, surnaturel. Il est à craindre que certains adeptes ne s'appuient sur cette image pour recommencer leurs inepties. Alors que si on lui donnait une identité bien classique, cet aspect divin serait gommé.

J'ai acquiescé et regretté mon inutilité.

Le Garrec m'a encore demandé :

— Le Disciple a donné un dernier coup de fil à mademoiselle Ghali, depuis Lézignan. Je ne comprends pas pourquoi, alors que sa fuite était prête, il a fait un tel détour. Inutile, voire dangereux. Et quelle perte de temps !

— Là, je ne sais pas. Un plaisantin local, un lecteur de *La Dépêche* qui s'est offert une petite farce. Sans grande conséquence.

— Comme vous dites ! Le déplacement de six hélicos et de trois bataillons de gendarmes depuis la Lozère jusqu'ici. Si vous désirez recevoir la note, n'hésitez pas à m'en informer. Mais je doute que vous n'ayez les moyens de l'honorer. Sauf si votre oncle d'Amérique vient de calancher en vous léguant une petite fortune…

Son regard bleu bigouden s'est rivé dans le mien. Deux flèches, capables de sonder la mer d'Iroise à la recherche d'un banc de merlus. J'ai légèrement rosi avant d'écouter sa conclusion :

— Le puzzle me paraît correctement ordonné. À deux, on travaille beaucoup plus vite. La version finale est admissible par la justice. L'État sera bénéficiaire, il n'a presque rien dépensé, les protagonistes n'encombreront plus les dispendieux violons. Quelques analyses suffiront à étayer nos dires. Vous avez fait du bon boulot, toute peine mérite salaire, dit-on. Pour vous éviter des ennuis, il me reste à effacer vos empreintes sur l'Opinel de Martin Renault. Je vais gagner ma future affectation dans quelques jours, il est probable que nous ne nous reverrons pas. Au revoir, mademoiselle.

Épilogue

Le ragoût de Solange ne passe pas. Pourtant, elle y a mis son cœur, elle a sorti la grande vaisselle, une kyrielle d'épices, du laurier, du thym sans négliger les olives vertes. La tambouille a mijoté, mijoté, les ingrédients se sont unis à la gamelle, comme l'impose la recette. Phil tenait à répartir rapidement le pèze et m'a invitée à partager ce succulent fricot. Le pauvre, il a un menu particulier, spécial gencives sensibles : purée et brandade de morue.

Les piles de biftons sont conséquentes. L'agence Lily Verdine peut voir venir. Mais rien à faire, j'ai pas faim. La perspective des impôts ? Dès qu'on touche le pactole, on s'insurge contre les impôts. Non, rien à voir avec le fisc. C'est les nouvelles du monde qui ont perturbé mes enzymes.

En rentrant des Corbières, j'avais pioncé une vingtaine d'heures. Pas mal de sommeil en retard. Au réveil, j'avais consulté ma messagerie téléphonique. Schéhérazade me remerciait pour tout et me conseillait de garder ses fringues. Prudente, la petite demeurait nébuleuse : pas d'allusion au contenu du sac. Les écoutes téléphoniques n'étaient peut-être pas encore interrompues.

Le Garrec, de son côté, me fournissait divers détails obtenus par la flicaille. D'abord, les adeptes. Vingt et un au total, de dix-neuf à cinquante-trois ans. Briefés par leur Maître de ne jamais collaborer avec les forces sataniques de la police, ils la fermaient et n'évoquaient nullement l'intervention d'un type armé d'une mitraillette et d'une gonzesse échevelée. On les avait internés dans des hôpitaux psychiatriques environnants.

Cox et Julie. Deux jeunes, origines bourges, sans histoire, bon niveau d'études, pas de problèmes financiers. Une dérive inexplicable, d'autant que Cox m'avait avoué croire aux dogmes frelatés du croisé de saint Pierre comme à sa future réincarnation en langouste caraïbe. Le gourou : impossible de l'identifier, inconnu des fichiers d'empreinte ou d'ADN.

Le lieutenant s'était à peine arrêté sur le fric, juste avant de raccrocher. La banque d'Yves Renault signalait de nombreux retraits en liquide ces derniers mois. Au total, plusieurs dizaines de milliers d'euros. Pour la police, la cheminée de saint Pierre les avait rendus sous forme de cendres.

Bilan, notre puzzle avait conquis le juge d'instruction. Les collègues du lieutenant se sont interrogés sur la capacité de leur chef à démêler une affaire aussi compliquée sans mener d'investigation mais un pastis et quelques cacahuètes ont suffi à lever les doutes. Le Garrec allait quitter la brigade de Lézignan pour celle de Colmar sur un joli succès. Succès qui serait parfait si, par hasard, le nom du gourou me revenait. Dans ce cas, un simple coup de fil…

La standardiste a aussitôt reçu un message de ma part à destination du lieutenant :

— Non, surtout ne le dérangez pas. Vous lui dites simplement « Jean-Michel Char ».

Jusque-là, pas de quoi provoquer une indigestion, au contraire.

Mais peu après, mon ordinateur, qui avait renâclé pour démarrer, avait enfin répondu à mes attentes et ma boîte aux lettres s'était ouverte. Hélas.

Juan-Manko avait terminé son excursion et venait de rentrer sur Lima. Un voyage andin fabuleux, à la tête d'un groupe de Québécois inénarrables. Et parmi eux, Diane, une professeur de je-ne-sais-quoi à l'université Laval à Québec. Qui avait craqué sur ses iris et probablement goûté du pageot de Puno. Comme l'Indien n'était pas interdit de séjour au Canada, la situation était plus confortable pour lui... Vive le Québec libre.

J'avais rassemblé mes pinceaux et mes tubes de gouache puis posé le pied sur la pédale de la poubelle plastique de la cuisine. Le couvercle avait basculé et le nécessaire pour artiste en devenir s'était intégré à l'ensemble de mes immondices.

Adios Viracocha.

Parus dans la même collection

Le Baiser du Congre
DEL PAPPAS

Bleu sur la Peau
DEL PAPPAS

Le Jobi du Racati
DEL PAPPAS

La Girelle de la Belle de Mai
DEL PAPPAS

Écran total
MAXIME VIVAS

Ainsi soient-elles
PIERRE SERISIER

Le Royaume de Degun
DEL PAPPAS

Du Sel plein les Yeux
DEL PAPPAS

La Nuit des Bras Cassés
MAURICE GOUIRAN

Harpo
PIERRE SERISIER

Le Couteau sur la Langue
RENÉ MERLE

Pleure pas le Mistral se Lève
DEL PAPPAS

Le Cœur Enragué
DEL PAPPAS

Le Théorème de l'Engambi
MAURICE GOUIRAN

Le Cafoutchi du Diable
DEL PAPPAS
Le Dernier des Chapacans
MAURICE GOUIRAN

La Mue de la Cigale
DEL PAPPAS

L'Arménienne aux Yeux d'Or
MAURICE GOUIRAN

L'Anticyclone des Açores
DEL PAPPAS

Les Martiens de Marseille
MAURICE GOUIRAN

La Porte des Orients Perdus
MAURICE GOUIRAN

Bada d'Amour
DEL PAPPAS

Les Damnés du Vieux-Port
MAURICE GOUIRAN

Saucisse dans le Métro
SERGE SCOTTO

Marseille, la ville où est mort Kennedy
MAURICE GOUIRAN

Sortez vos morts
BRUNO LEYDET

L'Espincheur des Accoules
DEL PAPPAS

Sous les Pavés, la Rage
MAURICE GOUIRAN

La Gloire de Saucisse
SERGE SCOTTO

Terminus Ararat
MAURICE GOUIRAN

Frères d'Armes
SERGE-YVES RUQUET

Train Bleu Train Noir
MAURICE GOUIRAN

Meurtres à la Cité Radieuse
ALAIN PUCCIARELLI

Saucisse Président
SERGE SCOTTO

Achevé d'imprimer sur les presses
de Pulsio à Sofia
Imprimé en Bulgarie
Dépôt Légal : Mai 2010